FRANCESCO

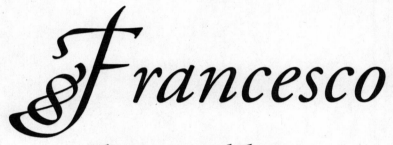

Francesco

El maestro del amor

YOHANA GARCÍA

Francesco

El maestro del amor

OCEANO

FRANCESCO: EL MAESTRO DEL AMOR

© 2014, 2016, Yohana García

Diseño de portada: Estudio Sagahón / Leonel Sagahón y Jazbeck Gámez
Fotografía de portada: Manolo Cardona (cortesía de Manolo Cardona, Colombia)
Fotografía de Yohana García: Lía Rueda

D. R. © 2022, Editorial Océano de México, S.A. de C.V.
Guillermo Barroso 17-5, Col. Industrial Las Armas,
Tlalnepantla de Baz, 54080, Estado de México
info@oceano.com.mx

Novena reimpresión: enero, 2022

ISBN: 978-607-735-393-5

Impreso en México / Printed in Mexico

Índice

Dedicatoria

A Dios, a Francesco, a mis hijos adorados, a mi madre.

A mi futuro nieto y a mis nueras.

A mis amigos del alma, gracias, eternamente gracias.

Se lo dedico a todos los sobrevivientes del desamor, a todos los seres que, al igual que niños chiquitos, se quedaron tirados en el piso pataleando y llorando por la impotencia ante la soledad que no se ha ido.

Va todo mi amor y mi admiración a los que se sienten tranquilos, aunque estén solos.

A todas las madres que dan lo mejor de sí, sin perderse en su familia.

A todos los hombres que luchan por ser mejores cada día.

A todos los adolescentes que, a pesar de tener un mundo contaminado de malos hábitos, están en el camino del desarrollo humano.

A todos aquellos que se dieron cuenta de que en la humildad está el éxito.

A todas las alumnas de mi centro holístico, porque algunas vienen desde muy lejos para tomar un cachito de sabiduría de nuestros maestros.

A toda la Secretaría de Salud por darme un voto de confianza en el arte de sanar con el alma, en especial a la licenciada Graciela Romero Monroy y a la licenciada Angélica Ortega Villa.

A todas las personas que apuestan por la vida.

Mi agradecimiento a mi editor Rogelio Villarreal Cueva y a Guadalupe Ordaz de Editorial Océano, y a todo su equipo de trabajo por ser gente maravillosa.

Mensaje de la autora

Ésta es la historia de Francesco, quien en otra vida también fue Agustín. Camila, su amor eterno, alma gemela de muchas vidas, y Elena, su esposa en una vida anterior, los tres son seres amorosos, sufridos y profundos.

Francesco, un maestro de luz al que amo profundamente, me ha vuelto a dictar un libro. Esta vez me ha dicho que la lectura tendrá como fin el dejar en claro que la fuerza y el capricho que trae el destino sólo se pueden cambiar cuando se es consciente de que se desea sanar.

Está dirigido a toda persona que se encuentra en la plena lucha de seguir buscando un gran amor. Está dedicado a todas aquellas personas que no encuentran una buena pareja aunque fuera justo que la tuvieran, porque en el juego del amor no cuenta la cuota de ser bueno y tener suerte. La suerte del amor no siempre dependerá de la bondad, sino de todas las historias pasadas que tus seres queridos no hayan resuelto felizmente en su momento, porque este desamor no es culpa tuya, no te pertenece a ti.

Ésta es una historia reparadora para todos aquellos que sin querer se quedaron con la persona equivocada y que por más que lo supieran, algo les impedía irse de ese lugar equivocado.

Para aquellos que por ignorancia no pudieron hacer en su momento lo que tenían que hacer. Para los que se quedaron apegados al dolor y que hoy se culpan por no haberlo soltado a tiempo.

A todos los que tuvieron un amor oculto que no se animaron a llevarlo a la luz, como le pasó a la protagonista de la película *Los puentes de Madison*. A esos amores de los que sólo un grupo de amigos pudieron saberlo.

También está dedicado a todos los que tuvieron que perder a un ser querido y se preguntan qué hay más allá de esta vida.

Este libro nos enseña a conseguir lo que queremos. Porque cuando estamos en el camino de la vida, no hay vuelta atrás para encontrar la salida. La salida siempre está delante de nosotros, justamente en muchos pasos de los que formaron nuestro pasado.

Quizás te haya pasado amar a alguien en silencio y que ese otro no se enterara de nada. O quizás alguna vez se enteró y reaccionó con indiferencia.

También te pudo haber pasado estar seguro de haber encontrado a tu alma gemela, y cuando la tuviste cerca de ti, como por arte de magia desapareció y así fue como nada de lo que deseaste en el terreno del amor se te ha dado.

Entre amores, desamores, encuentros y desencuentros nos va pasando la vida.

Y en este tema del amor muchas veces el que espera desespera y más de una vez repite la historia que inconscientemente se rehusaba a repetir.

Así es como la historia tiene amores fatales de maltratos e injusticias. De usos y abusos. De enganches peligrosos.

Este libro nos mostrará que no nos podemos culpar por habernos equivocado.

Ese amor que nadie quiere tener, pero que más del cincuenta por ciento de la población mundial ha tenido; ese mal amor, viene muchas veces a enseñarnos que necesitamos conocernos para así sacar a la luz la más triste oscuridad.

Lamentablemente, para encontrar un mal amor sólo se necesita estirar la mano y pedir que ellos vengan a nuestros pies. Vendrán muchos a vendernos espejitos de colores y a mostrarnos las perlas de la virgen; y lo peor es que el consciente de muchos se lo creerá. Pero las almas saben todo, y no nos podrán tener engañados por mucho más tiempo.

¿Pero por qué es tan fuerte el hecho de creernos lo que nos puede lastimar? Porque los demás pueden ver en nosotros todas las fallas que traemos con la pareja y nosotros nos negamos a despertar con pánico a que otra vez nos encuentre la mañana en nuestra cama durmiendo solos en un rincón, como si en nuestro inconsciente estuviéramos esperando que alguien llene ese otro lado.

Estamos ante tiempos donde la comunicación en redes sociales superó toda imaginación, donde se puede hacer de todo con un abrir y cerrar de ojos; sin embargo, todavía se sigue soñando a la antigua con príncipes y princesas que viven historias mágicas, amorosas y repletas de hadas.

Todavía se sigue creyendo en un gran amor. Pero como todo lo bueno tarda en venir porque si no, no lo valoraríamos, esto bueno parece que nunca va a llegar, la espera se hace inminente, se siente la tiranía del tiempo y es muy triste esperar sin saber si valdrá la pena esa espera.

Porque el amor... el buen amor, a la larga debe aparecer. Después de todo es un derecho divino y propio. Porque vivir sin un buen amor es trabajoso, mucho más que si se está acompañado. Sin embargo, estar solo también se puede.

Este libro tiene como objetivo despertarte hacia un buen amor. También a un amor propio, un amor real, de esos que dan fuerzas y esperanzas. Es para todos aquellos que en algún momento con sus almas y sus corazones coincidirán.

Te invito a que le digas a Francesco que te ayude en la lectura a despertar esas partes que no te dejan ver los secretos de familia que impiden tu camino hacia el amor.

Tengo la total certeza de que así como me pasó a mí con este libro, lo leerás muchas veces y siempre algo bueno pasará en tu vida.

Te deseo que disfrutes enormemente en este revolcón que te darás entre el cielo y la tierra.

I

El regreso esperado

Regresar siempre es fácil porque el camino de regreso es igual
al de ida. Todo es un ir y venir, un alejarse y regresar. Nada
queda sin movimiento, nada se pierde en este bello transitar
de vivir entre el cielo y la tierra.

Francesco, que en su última vida había reencarnado como Agustín, conocía las leyes del buen vivir, esas que había aprendido junto a su gran Maestro en la India.

Ahora él acaba de morir. Su muerte fue tal cual la había soñado. No falleció un día cualquiera, sino en la madrugada de su cumpleaños mientras dormía en su humilde habitación del ashram. Cuando dejó de respirar su casa estaba rodeada de servidores y adeptos. Todos lamentaban su desaparición física, aunque sabían que nunca dejaría de habitar los corazones de quienes lo habían conocido.

¡Y quien vive bien... muere bien!

El ashram donde vivían el Maestro y Francesco se encuentra en la India. Es un lugar hermoso rodeado de vegetación y de altares dedicados a dioses, muy adornados y con ofrendas de frutas y flores. En sus alrededores, las mujeres entrelazan pétalos y flores para hacer collares que luego venden.

La ciudad es pobre materialmente, pero no en espíritu. Las calles son de tierra roja y cuando hay una tormenta la tierra vuela llenando todo de polvillo rojizo. En ellas hay palmeras y se escuchan todo el tiempo los cláxones de los autos. Las mujeres se movilizan en bicicletas, pero no manejan, van sentadas muy femeninas en la parte de atrás, mientras sus parejas conducen.

El ashram es un recinto muy grande con capacidad para más de tres mil personas. El piso es de mármol y tiene columnas donde la gente se apoya cuando está cansada, porque allí no existe ningún tipo de asiento. Todo el ritual del Maestro se realizaba en el piso. Hay un escenario con un sillón donde se sentaba el Maestro cuando necesitaba reposar. En la puerta del ashram, como si fuera un perro faldero, lo esperaba su elefante.

Él pasaba dos veces por día a dar sus *darshan*, o sea, sus charlas. Cuando hablaba era todo un acontecimiento, pero cuando decidía no hacerlo, con que tan sólo pasara y dejara su energía hacía felices a sus adeptos. Entre ellos se encuentran los *servos*, que son los seguidores que ayudan y tienen permiso para acceder a todos los recintos del ashram. Ellos también contaban con pláticas privadas de enriquecimiento espiritual que el Maestro les ofrecía.

Es de su discípulo Francesco de quien vamos a hablar en esta historia. Fue un gran ser humano que partió feliz de este mundo al haber cumplido su misión. Cuando abandonó este plano tenía ochenta años, y él sabía que era el momento de trascender al cielo. Grandes llantos se escucharon en todo el mundo, pues realizó una gran obra en su vida, junto a su Maestro y guía.

Ese Maestro que un día Francesco había ido a visitar para pedirle alguna respuesta sobre su transitar en la vida. Su experiencia al conocerlo fue tan bonita que decidió quedarse a vivir cerca de él. Con el tiempo su Maestro lo descubrió, no como un seguidor más, sino como alguien que tenía una luz especial y, al intuir una nobleza de espíritu, le pidió que fuera su asistente. Francesco decidió dejar todos sus apegos materiales para acompañarlo en la hermosa tarea de servir.

A partir de entonces, todos los días le leía al Maestro las cartas de sus seguidores y éste, si tenía tiempo, le daba una respuesta, y cuando no, le pedía a Francesco que se animara a hacerlo. En un principio, temía equivocarse al dar sus propios consejos, pero con el tiempo Francesco aprendió que su corazón nunca mentía; decidió confiar en su intuición y trabajó cada día con esmero, amor y pasión.

Nunca más se acordó del mundo ordinario, pues su vida se había convertido en extraordinaria. Y si bien un día dejó a su madre y a sus hijos en otro continente y en otras circunstancias, ellos cada año organizaban un viaje para visitarlo. Lo veían tan feliz que nunca dudaron de que ése era su camino.

Sus seres queridos eran los que más lo extrañaban, porque él estaba tan ocupado que no tenía el tiempo para pensar. Su madre muchas veces recurría a los recuerdos para estar cerca de ese muchachito que antaño le hiciera tanta compañía. Sus hijos lo amaban, a pesar de que su madre les llenaba la cabeza para que lo juzgaran mal. Pero las cosas caen por su propio peso, sólo el tiempo las acomoda y saca la verdad a la luz. Con el transcurrir de los años sus hijos entendieron que el camino de su padre no era común u ordinario, y, en cambio, su misión era extraordinaria.

La madre de Francesco falleció a los pocos años de que éste se hubiera instalado en el ashram, y sus hijos siguieron creciendo y haciendo su vida con su exesposa. Ellos decían que seguramente su padre tenía poderes de sanación porque la gente enferma se curaba con tan sólo mirarlo. Pensaban que esos poderes los había descubierto su Maestro.

Ahora ambos estarían en el mismo plano.

En los días posteriores a su muerte, todavía se sentía la presencia de Francesco en el ashram. El silencio del lugar aún era muy profundo.

Todos los servidores del ashram decían que se había llevado consigo un gran secreto; sabían que quería transmitirles algo importante y que lo daría a conocer la siguiente semana a su fallecimiento en el recinto mayor, pero el fin de su vida le había ganado la partida. Estaban seguros de que si revisaban todas sus pertenencias podían encontrar algo, pues lo habían visto escribir muy entusiasmado en unos papeles de textura antigua. Mucho más desde que había visto al Papa, tres años atrás, cuando acompañó a su Maestro a conocerlo... Y a partir de esa visita, él se había puesto a escribir como si estuviera poseído. Por eso los servidores pensaban que quizás estuviera redactando sus memorias. Como él era reservado, nadie se había animado a preguntarle nada al respecto. El director de los servidores de Francesco y de su Maestro daría la orden de buscar esos escritos cuando llegara el momento preciso.

En los últimos años Francesco se había dedicado a transmitir con más fuerza las enseñanzas del gran Maestro, al cual había acompañado desde hacía más de dos décadas.

Los días en la India transcurrían largamente entre meditaciones y disertaciones. El tiempo que le quedaba libre lo empleaba para leer algunas cartas petitorias de sus adeptos. Una vez que las leía, realizaba unos movimientos mágicos con sus manos —como su Maestro le había indicado— para hacer realidad los deseos de la gente.

Si Francesco sentía la veracidad del pedido, llamaba a sus seguidores y les solicitaba que esas cartas tan amorosamente seleccionadas fueran colgadas en el árbol de la vida. Ese mismo árbol que cuidó las siestas del Maestro cuando era pequeño, el mismo lugar donde éste había enseñado por primera vez la gran oración: El Llamado del Amor.

Ahora en ese sitio ya no quedaba nada. En 2010, después de ochenta años, también ese árbol había muerto: una tormenta de viento arrancó de cuajo sus enormes raíces. Lamentablemente sólo quedó una placa recordatoria, regalo de los adeptos.

Todo había cambiado de un año a otro: sin madre, sin Maestro y sin el árbol de la vida. Francesco había resentido fuertemente la ausencia de todos ellos, por eso se había puesto a escribir con tesón y entusiasmo. Nadie sabía qué era lo que estaba volcando en ese libro. Ahora ni siquiera se sabía dónde estaban esos bosquejos, seguramente llenos de pensamientos profundos y sabios.

En los días previos a su muerte se le había visto muy animado, como si se hubiera quitado años de encima. Esto había llamado la atención de los más allegados y cuando le preguntaban a qué se debía su cambio, él respondía: "Es Dios el que me rejuvenece", y luego se reía.

Pero esa mañana Francesco ya no respiraba; su cuerpo aún estaba tibio y llevaba en su rostro una sonrisa muy bonita.

Ahora todo cambió, y así como es arriba es abajo. Para él, que acababa de partir, su vida en el cielo se transformaría e iniciaría una nueva etapa.

Todos los adeptos que vivían en el ashram recordaban cómo Francesco, siempre que se iba a hacer la siesta, decía que ésta era sagrada, y cuando se retiraba a descansar comentaba: "Me voy un rato a ensayar la muerte, porque morirse es como dormir un rato y a nadie le da miedo irse a dormir".

Hoy no ensayaba nada, porque estaba viviendo un estreno, y si bien había tenido varias vidas anteriores en el cielo, ésta sería una totalmente diferente.

El cuerpo de Francesco yacía en la cama de madera en su habitación desprovista por completo de muebles, cuando de pronto sintió una gran fuerza que se desprendía de su cabeza y, en ráfagas de segundo, vio cómo el ángel de la guarda cortaba un cordón de plata.

Francesco quiso hablarle en cuanto lo vio y pedirle que no lo cortara tan rápidamente, pero no le salieron las palabras. Le recordó el mismo proceso que hacen los médicos cuando cortan el cordón que une a la madre con su bebé. Sin embargo, aquí había un hermoso ángel blanco luminoso, sonriente, que con unas tijeras doradas de luz cortaba el cordón de plata que él tenía en el centro de su cabeza. Cuando estaba en vida nunca se había visto ese cordón, pero ahora lo observaba como si estuviera en tercera dimensión. Era como una soga gris bastante dura, resistente y elástica. En cuanto el ángel lo cortó, sintió una paz inmensa, porque mientras seguía unido a su alma podía sentir emociones y algunos miedos.

–¡Ahora a volar...! —le dijo el ángel—. Sube al cielo, que yo te acompaño.

Francesco miró su cuerpo inmóvil con cierta nostalgia y siguió las órdenes del ángel. Por un momento se detuvo y, mientras flotaba en el aire, observó su habitación y la foto de su Maestro; en cuanto salieron de allí voló sobre el ashram y le agradeció a la vida por haber sido un ser privilegiado, tan feliz que no tenía palabras de gratitud.

Pero el ángel, que captó su pensamiento, le dijo:

—Francesco, no te despidas como si no volvieras nunca más a estar aquí, porque siempre vendrás a visitarlo. Que estés en el cielo no significa que no puedas bajar a tus lugares favoritos ni abrazar a los amores de tu vida. Los lugares están repletos de los antepasados de las personas y las casas tienen tantos visitantes de todos los cielos que a veces no cabemos. Vamos, Francesco, no te apegues a la vida, que ése no es tu compromiso.

Entonces Francesco le preguntó al ángel:

—¿Vamos al cielo? Enséñame el camino a casa, el cielo es inmenso y no sé el camino.

Entonces el ángel le mostró una geometría sagrada que representaba el cielo y le indicó con su dedo el trayecto.

Pero Francesco, que se sentía algo ansioso, siguió con el interrogatorio:

—¿Pasaré por algún purgatorio?

—No —le contestó el ángel rápidamente—. Ese lugar ya lo quitaron. Ocupaba mucho espacio en el cielo, y las almas se confundían de camino.

—¿Tendré algún juicio al que comparecer?

El ángel le respondió que no sabía.

De pronto, Francesco observó algo que el ángel sujetaba en la mano y le llamó la atención.

—¿Qué llevas ahí?

—Tu cordón de plata.

—¿Y se puede saber para qué?

–Para tener más información de tu memoria celular, para conocer tu psicogenealogía.

–¿Y para qué la quieres?

–Para analizarte, para conocerte en vez de llevarme el libro sagrado de tu vida. En él aparece el deber y el haber que forman tu karma, también está tu historia de vida, la de tus antepasados y las misiones de cada uno. Es como un cordón umbilical, sólo que éste se llama *celestial*.

Francesco vio que su cordón era largo y elástico. Preguntó entonces si todos los cordones eran iguales o si había alguna lectura sobre ellos. Como el ángel no le contestó, curioso, inquirió de nuevo:

–¿Y dónde lo guardarás?

–En el cielo.

–¿Pero en qué lugar?

–En el Banco de cordones celestiales que está cerca de la Playa de los pájaros.

De pronto, Francesco creyó rememorar algo de sus vidas pasadas en el cielo, pero sólo fue un vago recuerdo.

El ángel le gritó:

–¡Agárrate fuerte, que vamos a pasar por el Túnel del Bosco, entre la fuerza centrífuga y los colores que se incorporan en movimiento circular! ¡Es mejor que no hables!

Francesco obedeció sabiendo que no le quedaba otra opción. No podía pensar en algo más que no fuera entrar en el limbo. Muy pocas veces el cielo presenta alternativas, porque el libre albedrío no se encuentra ahí, la libertad de elegir está sólo en la vida. Pero cuando se está en la vida y las personas pueden escoger entre el plan A o el plan B se agobian por el miedo a no tomar la mejor decisión: a mayor posibilidad, mayor angustia a equivocarse. La vida ofrece tantas opciones que hasta se puede elegir ¡no elegir nada! En cambio, en el cielo no hay posibilidades de decir una cosa y hacer otra; lo haces o lo haces, porque el camino de Dios no se discute. Si de verdad existiera allí el libre albedrío, los espíritus se convertirían en adolescentes espirituales, rebeldes, sin camino ni propósito para transitar.

El viaje de la tierra al cielo es rápido, un poco vertiginoso; en él no hay miedo, sólo hay liberación. Como sea que uno se muera, todos tenemos el mismo camino. Hay un poco de ruido como si una lavadora de ropa estuviera funcionando, lavando trapos viejos; pero ese ruido es parte del cambio de frecuencia vibratoria entre un plano y otro. Los colores son fuertes, nítidos y se mueven como un caleidoscopio.

El túnel se atraviesa igual que en esas películas de viaje en el tiempo. Luego se ve una luz inmensa y se escucha un canto hermoso. De pronto, una mano gigante aparece como por arte de magia dando la gran bienvenida; los ángeles suelen decir que ésa es la mano de Dios. Un portón de un material parecido a la madera se abre en cuanto un espíritu llega y entonces aparece el paraíso. En ese momento dan la bienvenida todos los amores que transitaron en la vida de la persona.

Cuando Francesco abrió los ojos, que había cerrado por culpa de los destellos de colores, se asombró de la gran belleza que presenciaba: las alas y la luz de un arcángel, que lo recibió y le dio una palmadita en la espalda en señal de saludo caluroso.

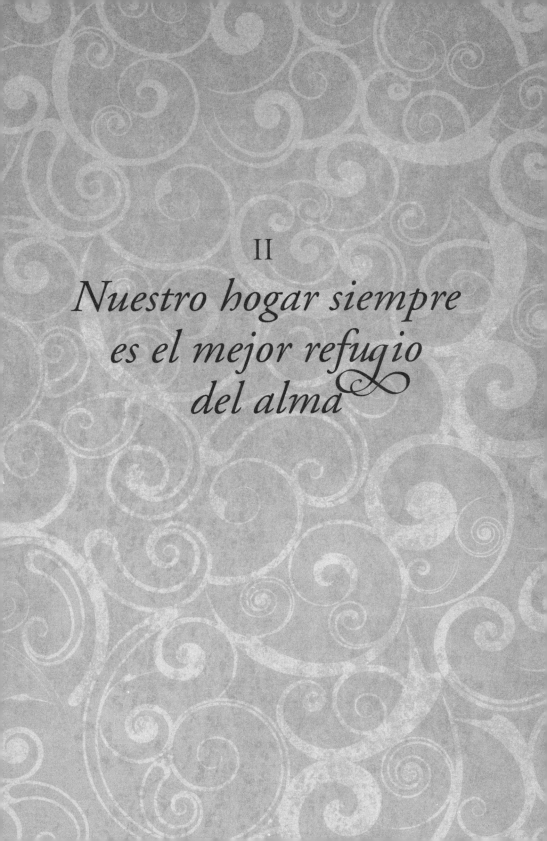

II

Nuestro hogar siempre es el mejor refugio del alma

En cuanto tenemos una vida más elevada, debemos recordar
que el espíritu está unido a los sentimientos más profundos
de la persona que habita.

En cuanto este buen espíritu abrió los ojos, se alegró y le dijo al arcángel:

–¡Por fin en casa! El lugar perfecto donde no existen apegos ni sufrimientos.

–¿Cómo estuvo el viaje? —le preguntó el ángel que daba la bienvenida.

Francesco, con una gran sonrisa, le contestó:

–Un poco movido, creo que había algo de viento. Este viaje lo disfruté más que las otras veces que vine aquí. Cuéntame, estoy ansioso de regresar. ¿Quiénes están aquí, a quiénes saludaré?

–Espera, espera, Francesco... Vamos con el protocolo.

–¿Cuál protocolo? —inquirió Francesco.

–¡Ahora sí que estás diferente! No pareces la misma persona que nos visitó por primera vez. Recuerdo a ese Francesco temeroso, nervioso, que no quería aprender ninguna enseñanza.

–Ése me da nostalgia —dijo entre risas Francesco—, era como un niño, pero al final aprendí. Todo cambia y hasta los cabezas duras aprendemos —de pronto miró al ángel y le preguntó—: ¿Qué tienes ahí en la mano? ¡Esa luz me marea!

–Ahhh —respondió el ángel—, éste es mi regalo: es una estrella.

–¡Es hermosa...! ¡Qué colores más bellos!

–Es la estrella de la sabiduría. Cuando no sepas qué decir ni qué hacer acércate a ella. Tócala y pídele el conocimiento que necesitas para cada momento. Ahora tendrás que ir con los Maestros Ascendidos, esos que una vez te enseñaron a vivir en la tierra. Irás a visitar a cada uno y así sabrás qué más hay que hacer en tu futuro.

Francesco caminaba al lado del ángel, algo pensativo, cuando de pronto se detuvo. El ángel lo miró y le preguntó:

–¿Qué te pasa, mi querido amigo?

–Es que... —titubeó por lo que iba a decir.

–¿Qué quieres decirme?

–No sé. Creo que no tengo nada que decirte. No sé si será un atrevimiento, pero ahora quiero ser yo el maestro.

–¿Tú?

–¿Y por qué no? —comentó el buen Francesco.

–Bueno, podría ser... —dijo el ángel, y le quitó la estrella de la mano arrojándola al aire para que le pegara en la cabeza, pero Francesco pudo cabecearla y la atrapó con el ala derecha.

–¡Ves, soy otro!

–Pues sí, éste es el que tenías que ser. Cada cual es el que tiene que ser, en el tiempo que corresponde —y el ángel intrigado le preguntó—: ¿Maestro de qué quieres ser?, ¿del Tiempo?, ¿del Perdón?, ¿del Nacimiento?

–¡Quiero ser el Maestro del Amor! — respondió Francesco.

El ángel lo miró y se emocionó. Una lágrima de sus ojos celestes corrió por su rostro.

–¡Francesco, el Maestro del Amor! Humm. Pediremos permiso y, si nos lo dan, tendrás mucho que trabajar. Aunque...

–¿Aunque qué? —preguntó Francesco, y continuó—: Ángel mío, el amor es lo máximo que un ser puede sentir. Es la energía más alta, sanadora, luminosa que vale la pena vivir. Allí abajo hace mucha falta, se está acabando, está perdiendo fuerzas y eso me preocupa. Los hijos ya no respetan a sus padres, los padres no cuidan a sus hijos y todo es una mentira. Sólo gana la ley del más fuerte, es una selva descomunal. Se ha perdido la fe, la esperanza y la certeza de que todo puede mejorar, y casi toda la gente opina que el tiempo pasado fue mejor. Se ha perdido la comunicación, ahora las familias se llaman a comer por mensajitos. Todos contra todos y todos con todos.

–¿Tanto te ha desanimado vivir en ese lugar?

–Pues... un poco. Hay gente que brilla, ayuda, da sin pedir nada a cambio. Tienen fe, creen en un mundo mágico. Pero los demás, el resto, ésos me preocupan. Nadie escucha a nadie.

–Ya veo —dijo el ángel e interrumpió a Francesco para hacerle una pregunta algo descabellada—: Cuéntame algo... Tú quieres ser el Maestro del Amor, entonces dime: yo una vez me enamoré y no puedo olvidar esa historia y muchas veces me pregunto por qué no puedo hacerlo si ya ha pasado mucho tiempo. Me pregunto por qué nací siendo un ángel, por qué no tuve una vida como la tuya.

–¿Y qué me quieres preguntar? —dijo Francesco.

–¿Cuántas veces has pasado por la Plaza del Pilar? —inquirió el angelito.

–Muchas veces he pasado por ahí... Me encantaba ese paseo, siempre lleno de artesanos, artistas, mimos, gente bailando en la calle, tarotistas, médiums. ¿Y por qué me lo preguntas?

–Porque ahí me enamoré de una muchacha que tiraba el tarot.

–¿Cómo? ¿Los ángeles se enamoran? —preguntó Francesco con cierta picardía.

–Pues sí, un día pude bajar como humano, pero sólo me dieron permiso para dos días. Y nunca más volví.

–Humm —dijo Francesco—, no sé qué decirte. ¿Sigues enamorado?

–Creo que un poco —dijo el ángel, sonrojado.

–¿Y qué puedo hacer por ti?

–Pues no sé, ¡tú quieres ser el Maestro del Amor!

–No, espera, eso no lo sé. Todavía tengo que pasar por el protocolo. A lo mejor no puedo ser el Maestro del Amor, hay muchas cosas que no sé qué hacer ni responder.

–¿Qué puedes hacer por mí? —preguntó el ángel.

–Ni idea —dijo Francesco entre risas—. Seguro que en algún momento nos aparecerá alguna respuesta.

–Yo creo que sí. Aquí nos encantaría que fueras el Maestro del Amor. La estrella que tienes en la mano, después de un tiempo, llevará tu energía y te dará la intuición para que tus respuestas sean perfectas. Además, para ser un buen maestro sólo necesitas tener un buen corazón y un gran entendimiento de la vida, y eso ya lo tienes. Pero dime, Francesco, ya sé que hace poco te fuiste de la vida, pero ¿no extrañarás el ashram?

–¡La verdad, no…! Cuando haces en la vida todo lo que te gusta no creo que te quedes con pendientes de nada, y no se extraña lo que se completa. Ya había perdido mis mayores apegos, así que sólo me quedaba contar los días que me quedaban en la tierra, como cuando te vas de vacaciones y no extrañas tu casa. Cuando me fui lejos de mi casa, me alegré.

–¿Me pregunto qué pasa cuando no esperas la muerte y ella te sorprende? No debe ser nada fácil desapegarse de ese mundo —inquirió el ángel.

Yohana García

–Yo la esperaba, pero cuando te toma de sorpresa es difícil asimilarla, es como irse sin despedirse. Sin embargo, al llegar aquí, todos entendemos que cumplimos con lo que era nuestro destino. Con despedida o sin despedida, es cuestión de segundos entender lo inentendible.

–Los caminos de Dios siempre se encuentran y llegan en el preciso momento cuando lo difícil se vuelve fácil. Nunca te tocará nada que no esté escrito en el libro de tu vida, y todas las personas saben en su inconsciente qué les espera en su futuro. Cuando partes, se extraña sólo un ratito. Recuerda que los tiempos de abajo y de arriba son diferentes.

–Pero ¿cómo ayudar a los que se quedan extrañando allá abajo?

–Sólo el conocimiento y el amor los hará renacer. Para encontrarnos sólo falta esperar un tiempo ya sea largo o breve, todos coincidimos aquí. Cuando hay amor hay renacimiento. El verdadero amor no cambia, los sentimientos verdaderos son huellas en el alma que siempre se llevan en el corazón, estés en el cielo o en la tierra —respondió el ángel.

–La etimología de la palabra amor es *a* "sin" y *mor* "muerte". Muere uno todos los días —agregó Francesco—. Y no mueres nunca porque tu corazón alberga los afectos de todas las vidas.

–En el cielo hay una biblioteca sagrada, con muchos libros, y entre ellos encontré un papiro, que ahora lo traigo en el bolsillo de mi túnica. Escucha lo que lleva escrito:

Muere lentamente quien destruye su amor propio,
quien no se deja ayudar.
Muere lentamente quien pasa los días
quejándose de su mala suerte o de la lluvia incesante.

[Martha Medeiros, *Muere lentamente*]

Francesco escuchó con atención y se quedó encantado con el poema.

–¿Esa biblioteca es muy grande? —preguntó.

–Sí y es hermosa. Todos los libros son dorados y tienen canciones y reflexiones. ¿Quieres ir?

–¡Sí! Me encantaría estar ahí.

–Entonces qué esperamos... —dijo el ángel entusiasmado.

Llegaron los dos al paraíso de los libros, de las poesías, de las sabidurías humanas y hojearon los libros que resaltaban por su cubierta dorada: los libros sagrados, la Biblia, el Corán, el *Bhagavad Gita*, todos estaban ahí. Desde los más leídos hasta los que algún poeta había imaginado escribir. Algunas personas que fueron artistas y llegaron al cielo pedían que sus libros que nunca habían sido publicados se leyeran en el cielo, así como las canciones que no habían sido cantadas. Todo el amor por las letras se concentraba en esa biblioteca.

Y ahí en el cielo el ángel y Francesco pasaron horas, que se fueron como suspiros. Nadie podía decir que el cielo era aburrido. El lugar más mágico del universo era la morada de Francesco.

La biblioteca sagrada olía a libros viejos y el canto de los volúmenes destellaba rayos dorados. La altura de la biblioteca era tan inmensa que alcanzaba el quinto cielo. Tenía sillones antiguos para que al sentarse los espíritus pudieran acomodar sus alas.

A veces Francesco se pasaba las tardes leyendo su libro sagrado en el que estaban escritas todas sus vidas anteriores, la historia de sus antepasados y, bajo candado, lo que le esperaba en el futuro. Con esa lectura pudo entender muchas cosas y, sobre todo, comprender que vivir o estar en los extremos era lo peor que le pudiera pasar a una persona. Descubrió que en casi todas sus vidas había una constante: ser demasiado pasivo y no reaccionar ante situaciones que era imperante controlar; también se dio cuenta de que el error más grande radicaba en reaccionar de más, ser pro reactivo y no tomar decisiones asertivas. Y como si estuviera leyendo el libro de *Las mil y una noches*, cada tarde se sentaba en un gran sillón, tomaba su libro y leía mientras disfrutaba de los atardeceres que le ofrecía el cielo, con colores profundos y vívidos.

Cuando salían las primeras estrellas cerraba el libro y lo guardaba. Quizá no le alcanzaría el tiempo para leerlo por completo, pues no sabía cuánto le faltaría para nacer de nuevo, pero lo que sí sabía era que esta vez se iría del cielo con mucho aprendizaje y que iba a pedir no pasar por la ley del olvido, porque no quería olvidarse de todo lo maravilloso que había aprendido. Esta ley se aplica a todas las personas, y fue creada para que no se recuerde la vida en el cielo. Sólo algunos privilegiados no tienen que pasar por ella.

Una de esas tardes se le ocurrió ir a buscar a su ángel de la guarda; quería preguntarle cuándo le designarían una tarea pues hasta ahora no estaba haciendo nada importante, pero su ángel no estaba. Sin embargo, encontró a uno de los maestros y tuvieron una gran charla en la que el maestro le dejó bien en claro que las misiones en el cielo no se piden, que él no podía ser el Maestro del Amor si no estaba escrito en el libro de las misiones. Y también le aclaró que sólo en la tierra existía el libre albedrío, en el cielo, no.

Francesco, que algo intuía, no dejó de sorprenderse pues

no le parecía muy equitativo que no lo hubiera, pero pensó que, después de todo, si Dios es perfecto y es el dueño del cielo debe saber muy bien lo que hace.

Esta vez no opondría resistencia a nada porque en su estadía anterior en el cielo no quiso aprender nada ni escuchar a ningún maestro. Sin embargo, obediencia obliga y aprendió a ser humilde y asimiló las sabias lecciones que le habían enseñado y que tanto agradeció en su momento.

El maestro le preguntó por qué quería ser el Maestro del Amor.

Francesco le contó que cuando estaba con su Maestro en el ashram en la India había aprendido muchas cosas sobre este gran sentimiento.

–Maestro, cuando llevaba las cartas con las peticiones, esas que la gente deseaba hacer realidad, sentía el peso de sus deseos y muchas veces me tocaba colgarlas en el árbol de la vida, y sabía cuál tenía un pedido de amor y cuál no. Me daba cuenta de que cuando una persona no se ama no se le cumple nada o, si se le cumple ese deseo, cualquiera se lo puede arrebatar. Quererse es el mejor sentimiento, quien se ama no hace daño. La calle está llena de delincuentes y ellos son hijos del no amor, de padres que no amaron. Cuando el amor sea lo único que interese, el mundo va a cambiar.

"No todas las personas que iban al ashram eran gente de luz; a veces su ego las llevaba ahí y la energía del Maestro las transformaba, porque por alguna razón acudían a ese lugar sagrado. Así que muchas veces me topaba con energías no tan amorosas; sin embargo, con amor desinteresado las transformábamos y a las que no podíamos, las dejábamos ir, porque no se puede cambiar a todo el mundo. Me dediqué años a darle mi tiempo a gente desconocida y abandoné mi vida.

–¿Y eso es bueno? —lo cuestionó el maestro tramposamente.

–No lo sé, maestro, pero Jesús dejó a su familia y divulgó su palabra entre desconocidos. También necesitó de un grupo de personas que lo ayudaran a predicar porque con alguien tenía que compartir esa misión. Yo no hubiera querido dejar a mi familia, pero una fuerza enorme me llevó con mi Maestro y creo que así pude hacer una bonita obra.

El maestro lo escuchó con calma y le dijo:

–Si quieres ser el Maestro del Amor tienes que pasar por varios protocolos. Hay mucha gente como tú que ha ayudado a su prójimo. Si se trata de saber de amor, aquí sobra la sabiduría.

Ese comentario le cayó mal a Francesco y respondió:

–Si bien la sabiduría es lo que abunda, quiero enseñar a toda costa.

–En el cielo nadie se ofende, porque ofenderse es una pérdida de tiempo tanto en la vida como en el cielo —le explicó entre risas el maestro–. Así, Francesco, si te aburres dedícate a otras cosas mientras se decide si puedes ser el Maestro del Amor. Los maestros siempre se ganan su lugar, y si bien te lo ganaste en la tierra, aquí no has empezado a ganarte nada. Por ahora sólo tendrás permiso para ver lo que se te plazca de la biblioteca y si estás muy aburrido ve a regar el jardín que siempre has tenido en este lugar.

–¿No puedo visitar a mi familia? —preguntó Francesco malhumorado.

–¿A cuál? —le preguntó el maestro.

–A la de la última vida.

–Mejor quédate a ver lo que no aprendiste de ellos, así también los ayudas a mejorar.

–Si hay algo que me ilusiona de estar en el cielo es que

puedo viajar por todo el mundo sin necesidad de tomar un avión, pero, sobre todas las cosas, sueño con ver a mi Maestro.

–Ése es un buen pedido, pero como es un espíritu inquieto habría que ver dónde está —dijo el maestro—. Hace poco tiempo preguntó cuánto faltaba para que llegaras aquí, porque sabía que vendrías. Los espíritus siempre tienen la intuición de saber cuándo llegarán al cielo sus seres queridos. Él mismo le encargó mucho al ángel que cuando cortara tu cordón de plata lo hiciera lentamente para que no se perdiera tu memoria de cuando estabas con él en la tierra.

Entonces Francesco saltó de alegría y dijo:

–¡Qué felicidad saber que él me quiere tanto!

–¿Y por qué no habría de quererte, Francesco, si toda la gente que ha pasado por tu vida te amó?

–No me había dado cuenta de que me habían amado tanto —comentó Francesco.

–¿Te das cuenta, Francesco? Tú hablas de que en el ashram mucha gente no se valoraba y yo creo que a ti algo de eso te faltó —y los dos se rieron con carcajadas de alegría del cielo.

De pronto vieron dos luces en forma de mujer, pero Francesco no pudo distinguir en un principio de quiénes se trataba. Se acercaron flotando al mismo ritmo. Fue muy divertido para el ángel observar la cara de sorpresa de Francesco cuando vio que Elena, su esposa de su anterior vida, y Camila, su alma gemela, se aproximaban sigilosamente.

Francesco, un poco avergonzado por la situación, movió su cabeza de un lado a otro como diciendo "No puede ser".

–Ustedes, mis amores —exclamó—. Pero ¿qué hacen aquí? ¿Por qué vienen juntas? ¿Qué hice mal? —dijo riéndose.

Se oyó la voz de una de ellas:

–Tú sabrás.

–¿Cómo estás, Francesco? ¿Me recuerdas o te has olvidado de tu alma gemela? —preguntó Camila.

–¿Y a mí me recuerdas? —le preguntó su esposa.

–¡Claro, cómo olvidarlas! —respondió—. Pasen y tomen asiento en el sillón de las nubes rosas.

–Te has tomado tu papel en serio. Danos un abrazo —rio Camila.

Francesco sentía que las piernas de ángel le temblaban. Pero no supo bien a quién abrazar primero, entonces les ofreció que el abrazo fuera de los tres. Como ninguno se animaba a separarse, vino un ángel y les regaló pétalos de jazmines y así suavemente lo hicieron.

Un suspiro inmenso resonó en todo el cielo.

Francesco clavó la mirada en su alma gemela, que parecía detener el tiempo, y luego le tomó las manos a su esposa y le dio las gracias por tanto amor. Camila se sentó en un sillón y Elena en el de al lado. Él tomó asiento en el trono del jefe de la biblioteca sagrada y, con un movimiento lento, abrió el libro de Camila.

Entonces Elena preguntó:

–Francesco, te he querido mucho, has sido un gran hombre, pero dime ¿quién es esta mujer?

–Camila fue mi alma gemela —le contestó, un poco avergonzado.

–Si quieres me voy y te dejo hablar a solas con ella. No sabía que tenías un alma gemela. Entonces, ¿yo no fui tu amor? —replicó Elena.

–Aquí no hay celos, aquí hay amor —dijo entre risas Francesco.

–Pues aquí no habrá, pero yo sí siento celos —dijo Elena.

Camila la miró y le dijo:

–Tú tranquila, que aquí no nos pelearemos por Francesco.

–Cómo me gustaría que se pelearan por mí... —rio Francesco—. Pero aquí no creo que les dé resultado, aquí nadie pelea por lo suyo ni por ningún territorio, porque el amor está en todo.

–La verdad no entiendo: ¿eres mío y eres de ella? —preguntó Elena un poco confundida.

–Yo soy de todos, también soy de todo el cielo y de toda la tierra —aclaró Francesco.

Elena esperó que él respondiera puntualmente a su pregunta, pero Francesco sólo le agradeció todo el amor y toda la paciencia que le tuvo en su vida anterior. Le pidió que no lo abandonara en la próxima. Entonces Camila se ofendió y se levantó diciendo:

–¡Yo no quiero interrumpir, pero la verdad es que si en la próxima vida te quedas con tu mujer pediré a Dios que me dé otra alma gemela!

–Camila, no puedes cambiar de alma gemela. Te tocará el mismo tonto de siempre —dijo Francesco sonriendo.

–¿Y qué tal si elijo ser hombre? —agregó Camila enfurecida.

Elena, que era un alma muy seria y propia, se molestó por tanta broma. Camila, al ver su enojo, se sintió incómoda y prometió comportarse.

Entretanto, Francesco llamó a un ángel y le susurró al oído:

–¿Qué broma es ésta? ¿Por qué me mandan a estas mujeres juntas?

–No tengo idea —dijo el ángel encogiéndose de hombros.

Entonces Francesco decidió responder lo que ellas le quisieran preguntar.

Elena, que tenía muy poco tacto, lo cuestionó:

—Francesco, ¿con quién te quedarías de las dos? ¿Con quién te hubieras quedado de haber tenido que elegir?

Francesco, algo molesto, respondió:

—¿Qué pregunta es ésa? Siento que te estás lastimando y no puedo hacer nada. Cuando estuve contigo te amé al cien por ciento. Jamás te engañé, nunca se me ocurrió tener otro amor en mi vida. Pero Camila fue mi alma gemela en una vida posterior a la que viví contigo y nunca la pude olvidar, porque aunque estemos en otros tiempos y en otros mundos siempre la querré. Ella fue mi amor imposible en muchas vidas, y como nunca resolví nada con ella se repitió la historia una y otra vez. Pero cuando tú y yo vivimos juntos no la recordé.

Elena, que empezaba a entender algo, le dijo:

—Te voy a decir la verdad: yo sé que me has querido mucho, que fuiste un hombre fiel. Pero ¿sabes?, el amor de un alma gemela se lleva en el alma y también en el corazón. Y cuando una persona lo extraña se le nota en su mirada y a ti se te notaba que algo extrañabas, pues tu mirada siempre era triste. Antes no lo entendía, ahora ya lo entiendo. Cuando estuviste conmigo en cuerpo y mente tu alma extrañaba a Camila, ¿no es así, mi querido Francesco?

—Pues, no lo sé —respondió él—, apenas me entero de que mi mirada era triste. Camila fue mi alma gemela después de tenerte a ti como esposa. Yo no fui infiel, eran otros tiempos, otros momentos. No pueden interrogarme así, porque es como si yo les preguntara a qué hijo quieren más: al de su vida anterior o al de la primera vida que han tenido —Francesco muy enojado se quejó—: ¿Por qué tengo que pasar por este interrogatorio si no hice nada malo?

—Esto no es un interrogatorio, nuestra visita juntas es un

acto de amor. Te amamos tanto que no nos hacemos a la idea de estar sin ti en la próxima vida —lo interrumpió Camila.

–Entonces tiraré una moneda para ver con quién me quedaré en el futuro, si eso las hace felices.

–Bueno, no te enojes —dijo Camila—, esto es sólo una visita amorosa que no tiene que ver con lo que harás. Quizás en la próxima vida ya no te querremos.

Se rieron las dos.

Francesco creía estar soñando, pues para él las cosas del amor eran cosa seria.

–¡Cómo pueden creer que yo pueda elegir con tanto albedrío! El amor es algo serio. Tendré que estudiar mi árbol genealógico y mi karma para ver qué me tocará vivir en la próxima vida y qué no.

Francesco les ofreció a las dos un té del cielo, pero Elena no aceptó; estaba muy molesta al ver que el amor de su vida anterior había tenido un alma gemela.

En cambio, Camila no podía contener su alegría de verlo y la verdad no le hacía mucha gracia tener a Elena al lado. En el fondo de su corazón tenía miedo de que se quedara con ella en la próxima vida, tal como le había pasado en la anterior.

Francesco, que era un ser amoroso y muy equilibrado, les ofreció explicarles la diferencia entre un amor de pareja y un amor de alma gemela. Entonces le leyó a Camila algo de su libro:

–Camila, tu espíritu es libre, rebelde y nunca has querido que una pareja te ate. Así son los amores gemelos: libres, caprichosos, miedosos y, sobre todo, boicoteadores.

–Pero ¿por qué somos así? —le preguntó ella—. ¿Ser un alma gemela entonces es una desgracia?

–¿Y mi alma gemela dónde estuvo mientras vivía? —preguntó Elena algo molesta.

–Perdóname, Elena, por no tener buenas respuestas para ti —dijo Francesco—. Ser el alma gemela no es malo, mi querida Camila. Te explicaré: tu alma tiene mucha luz y cuando se junta con su contraparte forman un haz completo y emiten tanto resplandor que a la gente con poca luz la enceguece. Esto trae como consecuencia incomodidades y situaciones engorrosas que los dos deben pasar: separaciones imprevistas y, sobre todo, incomprensión de ambas partes. Muchas veces estas almas no pueden aguantar su propia luz y se separan, pero nunca se olvidan, ni estando aquí en el cielo. Por eso estás todavía apegada a este amor por mí. Elena, que fue mi gran amor de otra vida, también sigue apegada, sin ser mi alma gemela. Los apegos son fuertes, porque en el cielo ningún espíritu se olvida de quién fue y con quién estuvo. Yo ya aprendí el desapego en el ashram. No volveré atrás.

–¿Entonces para qué crea Dios las almas gemelas? —preguntó alterada Camila.

–Quizá para trabajar todas esas partes de egoísmos que solos no podemos hacer, para trabajar apegos y desapegos; en definitiva, para darle paciencia a nuestra fe.

–Tal vez no sea una bendición encontrarse con tu alma gemela, pues muchas terminan separadas, como nosotros —dijo Camila y le preguntó—: ¿Nunca me extrañaste? Dime que me añoraste, que no has sido feliz sin mí.

Francesco empezó a llorar como niño y le pidió perdón por ser egoísta y pensar sólo en su bienestar. También le recordó que le había pedido que se quedara en el ashram con él, pero ella se había negado porque quería seguir al lado de su familia. Y eso era válido, lo entendía perfectamente. Sólo que él sí sentía un llamado especial por su guía espiritual, por vivir a su lado y abandonó todo por su Maestro. Le dijo que ésas son elecciones y hay que hacerse cargo de ellas, porque todas tienen consecuencias. Le hizo ver a Camila que sus apegos eran muy fuertes para ser un espíritu libre y seguirlo a él.

–A veces dejar todo para ir por un gran amor nos da miedo y nos quedamos con lo que nos da seguridad, con lo seguro, con el amor tranquilo, con el que nos hace fuertes —dijo Francesco.

–¿Yo no te hice fuerte? —le preguntó Camila.

–La verdad, no. A tu lado me sentía vulnerable, tu fuerza era muy grande y me hacía sentir inseguro —le respondió—. El amor que sentí por ti fue muy grande y sigue siendo un amor de locos. Me encanta volver a verte, pero no me pidas que me ate a un nuevo amor, porque ahora no tengo la cabeza para pensar en eso. Soy un alma del cielo y si puedo ser el Maestro del Amor, como sueño ser, vendrán muchos espíritus a consultarme. Yo podré aconsejarlos apoyándome en los libros del cielo, en los ángeles, pero no podré hacerlo desde mi sabiduría porque tengo poca práctica en amores terrenales. Sólo entiendo el amor de Dios. En este tema mi Maestro me enseñó a vivir y eso es lo que quiero enseñar aquí en el cielo.

"Los que llegan aquí no se preguntan nada, sólo aceptan lo que les ha tocado y lo que les tocará. No hay interrogatorios de por qué no hice esto o aquello, o por qué hice esto de más o de menos. Lo que has hecho, hecho está, y lo que no hiciste quedó en el recuerdo más lejano de tu alma. Pero quiero que sepas algo: no es de mi agrado lastimar a nadie y menos a Elena. No te creas más porque eres mi alma gemela, no te creas menos porque no te he elegido. En el fondo de mi corazón yo siempre he vivido así.

–Hemos pasado muchas vidas, nos hemos reencontrado, sentimos atracción y lo nuestro no fue más allá de un beso.

Me pregunto qué castigo es éste. Es mejor que no te encuentre más. Si no me vas a elegir es preferible que no te acerques a mi próxima vida —le contestó Camila.

Francesco sacó un pergamino con la letra de una canción y se la regaló, pero le pidió que la leyera cuando estuviera a solas. Camila entendió que Francesco estaba inquieto por Elena.

Ésta se encontraba sobresaltada sentada en una nube. Lloraba. Entonces él se aproximó y le preguntó:

—Amor mío, ¿por qué lloras?

—Es que creía que yo era tu alma gemela, no sabía de este amor celestial.

Francesco la abrazó y le pidió que tuviera paciencia para explicarle por qué eran amores diferentes, que él no había hecho trampas en el amor. Que confiara en que su amor fue real. Buscó su libro, lo abrió en una parte, se lo entregó a Elena y ella leyó en voz alta:

—En un poblado de América, hace muchos años, hubo una pareja joven y fuerte que decidió ir a consultar al chamán de la aldea. "Me llamo Nube Blanca y él es Toro Bravo. Venimos con todos nuestros mejores deseos a rogarte que nos reveles la fórmula del amor eterno", dijo la joven al anciano. Éste le pidió a Toro Bravo que cogiese el águila más fiera y veloz con la única ayuda de una red. A la joven le dijo que atrapase al halcón más fuerte y agresivo sólo con la ayuda de una red. Al cabo de unos días, volvieron a la choza con las aves. "Tomen una tira de cuero y aten la pata derecha del águila junto a la izquierda del halcón. Una vez hecho esto, suéltenlas en el aire", les dijo el chamán. Así lo hicieron y cuando soltaron a las aves, éstas se cayeron al suelo y como no podían levantar el vuelo, se empezaron a picotear agresivamente. "No pretendan estar aferrados el uno al otro para siempre, aunque sea en el nombre del amor, porque llegará un momento en el que se harán daño mutuamente", le dijo el anciano a la pareja. Moraleja: si quieres realmente a alguien, tienes que darle alas para que pueda volar y ser libre.

Francesco le dijo a Elena:

—Lo bueno, mi querido amor, es que a mí no me tienes que dar alas porque ya las tengo.

Entonces los dos se abrazaron y un ángel les llevó dos chocolates en forma de corazón que les había enviado muy amablemente Camila.

Elena con sus alas amorosas le tocó la frente a su amor y le dijo:

—Te dejo trabajar, me iré a visitar a mi madre. Está muy emocionada porque hoy va a nacer. La acompañaré a los arcos y me despediré de ella. La extrañaré, pero tú ya sabes: el desapego se trabaja en todos los planos del alma y del cielo. Y quizás ella no sea nuevamente mi madre. Sólo espero que no sea mi hija, pues como mamá me dio mucho trabajo. Y como tu suegra, ni qué hablar.

Francesco no hacía más que carcajearse y asentir con la cabeza. En cuanto paró de reír, le dijo:

—Mándale muchos saludos y felicitaciones de mi parte, dile que es una gran persona, que es un espíritu muy amoroso.

Elena se ofreció a darle el recado y comentó que se apuraría pues ya era la hora indicada para que volviera a nacer.

Él no pudo con su curiosidad y le preguntó:

—¿Ya sabes dónde irá a nacer?

—Sí, ya eligió. Si la vuelves a tener de suegra, te avisaré. Por ahora no sabes si me elegirás y yo no sé cuándo naceré. Es mejor que no pensemos en el futuro, pues con tanto cielo y con tanto tiempo es preferible que permanezcamos en el presente. Por eso es presente: es nuestro regalo del cielo.

–Prométeme algo: no dudes de mi amor —le pidió Francesco.

–Claro que no —le respondió ella y desapareció para ir a despedirse de su madre que la estaba esperando con las alas abiertas para abrazarla.

Y después de darle todo su amor, le dijo al oído:

–No te olvides de mí...

–Eso jamás... —le dijo Elena—. Y sería bueno que uno de estos días me acompañes a la tierra para que abracemos a nuestro hijos.

–Claro —exclamó Francesco—, sabes bien que si hay algo que amo es acercarme a ellos y ser un poco como un ángel. ¿Qué te parece si mañana vamos?

Se despidieron y en el cielo se escuchó una canción dedicada a la madre de Elena, era el momento de atravesar los arcos que la llevarían del cielo a la vida. La canción se oía así:

Está la puerta abierta,
la vida está esperando
con su eterno presente,
con lluvia o bajo el sol.
Está la puerta abierta,
juntemos nuestros sueños.

[Facundo Cabral, "Está la puerta abierta"]

Cuando Camila vio el escrito que le había regalado su eterno amor, con ansias lo leyó y se sorprendió porque era la letra de una canción:

Entre dos amores voy como hoja al viento,
uno es el que tengo el otro es el que siento,
uno es tan suave, el otro tan fiero,
uno me da paz, el otro miedo.

[Ana Belén, "Entre dos amores"]

A Camila le pareció tierna la canción, pero un poco tramposa porque al final no se resolvía nada. "Siempre será así", se dijo a sí misma.

Detrás de ella venía su ángel de la guarda, que la había seguido desde hacía rato y por fin la alcanzaba. Le dijo:

–¡Cami, Cami! Estoy escuchando tus pensamientos y creo que te falta algo. Te falta mirar tu corazón para dejar de pensar mal de tu viejo amor. Tú fuiste quien no quisiste soltar a tu familia. Tú no podías con todo porque no siempre se puede con todo. No entiendes que los dos hicieron lo correcto mientras vivían.

–Pero entonces, ¿no hice lo correcto? ¿No es que todos nos equivocamos alguna vez? —le preguntó Camila.

–No lo sé —dijo el ángel—. Creo que nadie se equivoca porque sí nomás. Todas las personas tienen una fidelidad implícita hacia sus antepasados y tú te dejaste influir por el inconsciente familiar de tu abuela, que no pudo quedarse con su gran amor. ¿Por qué no buscas a tu abuela? Quizá te enseñe a cambiar esa parte de la historia y en la próxima vida vuelvas a tener ese amor.

–¿Crees que se podrá? No sé dónde está mi abuela, no la he visto en el cielo. A lo mejor ya nació —preguntó Camila entusiasmada—. Y dime ángel, ¿hay alguna velita que pueda atraer a mi querido Francesco?

–Pues sí, yo tengo una vela maravillosa en el altar de los ángeles, pero tendríamos que robarla y eso no lo podemos hacer.

Yohana García

–¿Cómo es?

–Es verde.

–¿Y de qué tamaño?

–¡Es inmensa!

–¿Para qué la tienen?

–Para prendérsela a los que desesperan inútilmente.

–¿Y me la puedo robar?

–Sí, de poder, puedes, pero no debes. Así que olvídate de esa alocada idea —le dijo el ángel.

III
La hora señalada

*Para vivir los tiempos de Dios se necesita sabiduría, habili-
dad para saber esperar y virtud para recibir las bendiciones
en su momento.*

Francesco se fue flotando por las nubes, que gracias a la brisa
dulce que soplaba eran mullidas y frescas. Se había dado cuenta de que mientras estaba en la tierra extrañaba el cielo. ¿Cómo
olvidarse de estar en la verdadera casa de Dios? Los colores del
cielo tienen una intensidad muy alta, brillante, y el azul es profundo; también existen atardeceres de un amarillo dorado esplendoroso, que animan a meditar. El color blanco que rodea
todo el cielo es resplandeciente y escuchar cantar a los ángeles
es algo increíblemente bello.

En una tarde apacible y amorosa, Francesco había descubierto un gran reloj que se ubicaba en las puertas del cielo. Al lado de él había un cartel que decía: "ÉSTA ES LA HORA
SEÑALADA".

A un costado en otro cartel se leía una frase muy cierta:

A LAS PALABRAS SE LAS LLEVA EL VIENTO
Y A LAS PERSONAS EL TIEMPO.

A las personas que llegan al cielo el tiempo les marca su hora;
todos los espíritus sabrán que murieron a la hora señalada, ni

antes ni después, en el justo momento en que su cerebro supiera que ésa era la hora exacta. Porque las cosas son como son.

Cuando entran ven el reloj, los carteles y, luego de seguir unas cuantas indicaciones, llegan a la biblioteca sagrada, donde Francesco les dará una cordial bienvenida. Por fin había conseguido tener alguna actividad interesante en el cielo.

De pronto, un ángel muy antiguo lo saludó y le comentó que el reloj tenía sólo un breve tiempo en el cielo, y también le relató:

–Estos tiempos, que son los de Dios, no los entienden muchos de los que llegan al cielo. Sobre todo si la muerte les sorprende sin previo aviso.

”Así la vida se convierte en una caja de sorpresas, buenas o malas, pero sorpresas al fin; llena de procesos y llena de eventos. Los procesos dan tiempo para prepararse, porque es algo que marcha hacia delante, pero el evento es un hecho que ocurre impredeciblemente. Los dos son parte de la vida; una enfermedad es un proceso que marcha hacia un final mortal o un término de sanación, pero un accidente es algo que no se espera. Un asesinato o un crimen también pueden ser algo eventual.

”Si alguien tuviera un accidente y quedara vivo entonces habrá vivido un evento, y luego podrá continuar con un proceso de sanación. Entre eventos y procesos transcurre la vida, y no todos los procesos son malos, muchos son exitosos cuando siguen el camino del esfuerzo, el amor y la dedicación. Un evento positivo es algo que ocurre fortuitamente, como puede ser el de sacarse la lotería. Y no son eventos casuales, todos están escritos en el libro del alma y en la memoria celular de las personas.

”El reloj que tiene el cielo no es más que un recordatorio de que el tiempo es lo único que no se vuelve a repetir, ni siquiera en el cielo.

"Muchas personas se quejan: "Por qué no hice esto antes o después". Pero si volvieran a nacer les pasaría exactamente lo mismo, porque así se cumple con lo que hay que aprender.

"Somos peregrinos de la vida. A veces nuestro transitar es lento, en el que por más que avancemos pareciera que siempre despertamos en el mismo lugar de partida. Y no hay nada peor que el miedo a no avanzar. Hay personas que temen ir unos pasos hacia el pasado porque consideran que retroceder es no avanzar. Pero muchas veces necesitamos retroceder, pues para tomar vuelo se necesita un empujón de viento a favor, así como les pasa a las olas del mar. Ellas necesitan que la marea las haga retroceder para luego desatarse en una fuerza tremenda y golpear ruidosamente la ribera. Así son los tiempos de Dios con las personas, como las olas del mar; los resultados de la vida retroceden, vienen y se van.

"Y si bien lo único verdadero es el tiempo, no siempre la gente cumple con sus expectativas, pues la maduración de los sueños lleva su ritmo. Otros desearían morir antes de su fecha de vencimiento, pero eso nunca ocurre. Aunque alguien se suicide y crea que está apurando su paso, nadie llegará aquí antes del tiempo estipulado por su ciclo kármico o su árbol genealógico.

"El reloj gigante del cielo nos recuerda que la vida es un instante, y en ese instante todos coincidimos en encuentros y desencuentros, pero ningún tiempo marca que alguien se quede sin obtener su recompensa. Seamos optimistas con nuestro medio vaso de agua. La siembra es libre. Puedes sembrar o no, pero la cosecha siempre será obligatoria. Nunca te quedas detenido en el tiempo —aunque lo estés—, porque hasta lo malo que te sucede tiene un propósito.

"A veces los sucesos no se entienden, pero en su momento

nos dan una clara respuesta. Hay ciertas especies de pinos que tienen como frutos unas piñas; éstas contienen las semillas` pero están comprimidas y la única forma de que se propaguen —para que el bosque siga perdurando— es que un incendio se haga presente; el fuego les dará el calor a los frutos para que tengan la temperatura necesaria y puedan desprenderse las semillas; el mismo viento que empuja el fuego las esparce para que en un tiempo futuro el bosque vuelva a tener pinos. Así es la vida: todo se transforma, nada se pierde. Y nada es malo aunque a veces lo parezca.

"Para vivir no es necesario ni obligatorio avanzar, pero sí es forzoso cambiar para bien, para crecer. Precisamente esta forma de crecimiento no es medible a través de lo material, se mide a partir del alcance de la sabiduría interior de las personas. Pero la gente mide su éxito y su avance sólo si ha obtenido un trabajo nuevo o un aumento de sueldo. Ellos creen que crecieron si obtuvieron una pareja feliz. Que avanzaron si cambiaron el auto o la casa soñada.

"¿Y qué tal del que se dio cuenta de que ha cometido un error y lo ha corregido?

"¿Y qué tal con el que tuvo el valor de mirar sus defectos para poder cambiarlos?

"¿El que intenta perdonar y llega a conseguirlo?

"¿El que trabaja el desapego, porque la vida lo ha tocado con la espada del dolor?

"¿Qué hay de esas personas que se quedaron solas y sobrevivieron, o las que perdieron todo y se aguantaron las ganas de terminar con su vida, y sin embargo se pararon valerosamente?

"¡Eso también es avanzar!

"Quien se muere también avanza porque va hacia su verdadero hogar.

"A veces hay personas que construyen muros y se pierden la vida encerradas en la desconfianza y la crítica hacia el otro; pero los muros obstaculizan el avance, quien construye muros no puede ver lo que tiene que cambiar. Por eso muchas veces suele decirse que una persona está más sorda que una pared o que una tapia. Estar sordo es no escuchar los mensajes que la vida nos da en cada situación que nos toca vivir.

"Por suerte también hay otras personas que, les pase lo que les pase, construyen puentes. Y los puentes sirven para cruzar, ir y venir, y si además es un puente colgante las personas pueden mecerse sin miedo a que un viento las voltee. A diferencia de un puente, que nos deja ver de un lado al otro, existe el muro que nos oculta todo.

"Para crecer las personas deben tener dos visiones: la del futuro, para vislumbrar lo que vendrá, y la del pasado, para recordar todo lo que no se quiera repetir.

"El tiempo es mágico y sólo cuando cruzamos un puente nos regala el tiempo del no tiempo, el que parece detenerse para que se pueda apreciar un buen paisaje. A veces debemos mirar hacia abajo para darnos cuenta de cuánto hemos crecido. Y también ver hacia arriba para descubrir que todavía falta un tiempo para llegar a conocernos.

Estas palabras se escuchaban desde donde se encontraba el reloj que le da la bienvenida a los espíritus que recién llegan.

Una mañana de sol tenue con algunas nubes oscuras...

Francesco iba y venía del punto de llegada del cielo hasta la hermosa biblioteca sagrada; estaba emocionado pues hoy era su día especial, llamado "día del juicio final".

Fue hasta la cocina del cielo y vio a una cocinera regordeta con unas grandes alas que lo miró y le sonrió. Ella se le acercó y le preguntó:

–¿Tú eres Francesco?

–Sí lo soy, ¿nos conocemos?

–Claro, pero no me recuerdas. Yo era la cocinera de la escuela a la que asistías.

–¡Huy, no te recordaba! ¡Qué gusto volver a verte! ¿Y desde cuándo estás aquí?

–Hace mucho tiempo, ya perdí la cuenta.

–¿Por qué no has reencarnado?

–Nadie me pidió allí abajo. Creo que, en el fondo de mi alma, no quise volver y ya me acostumbré a estar aquí. Aquí no tengo que hacer compras, no se me quema la comida, no tengo que medir la sal. Me pusieron alas de ángel, aunque me molestan un poco. Los ángeles dicen que quien cocina bien tiene su ayuda porque ellos manejan los condimentos.

–Y pensar que me diste de comer durante siete años de mi infancia. Me gustaba más tu comida que la de mi casa. Y qué extraño encontrarte aquí, hay tanta gente que no he visto hasta ahora.

–Quizá quieras comer algo rico. Pero si quieres tomar algún trago largo, tendrás que beber el alcohol de azúcar del campo de las flores.

–No me gusta el alcohol, pero qué buena idea que el cielo tenga bares espirituales, así no es tan fuerte el cambio.

Paquita, que así le decían en la escuela, seguía siendo la cocinera amorosa de siempre, y le convidó un pastel de papa. Francesco se lo comió como comen los espíritus y hasta pidió otro plato más.

De pronto una música muy rítmica se escuchó en el radio

de Paquita. Así que la señora regordeta lo hizo bailar a ritmo de salsa y dar varias vueltas; mientras los dos flotaban en el aire, él se enredaba con las alas de ella.

Y muchos de los espíritus que escuchaban la música se acercaron a bailar con el ritmo que el cielo invita.

La canción decía:

Si no vienes, te voy a buscar.
Si no te encuentro te iré a golpear tu puerta.
No olvides que aquí te espero.
Porque quien no baila nunca alcanza el cielo.

De pronto una gran fiesta se armó. Todos los espíritus bailaban y se mecían al compás de las ráfagas de viento. El baile se veía muy gracioso: las alas se movían para un lado y para el otro. Los torbellinos de alegría conmovían incluso a los espíritus más serios. Porque uno es como es y anda siempre con la misma forma de ser, donde sea que esté: el que es espíritu serio seguirá siendo igual si no aprende a reírse cuando llegue al cielo.

El baile terminó, todos aplaudieron y un espíritu se le acercó a Francesco para avisarle que se encontraba un grupo de almas recién llegado que había que ir a atender. Tendría que mostrarles sus libros sagrados que se encontraban en la biblioteca.

Ni tardo ni perezoso se fue a atenderlos y dejó plantados a los maestros que le iban a dar el final de su juicio.

Al ver el grupo, le llamó la atención que lo componían más de cincuenta almas. Creyó que algo raro estaba pasando, pero los ángeles le dijeron que no siempre atendería a las personas de una en una, sino que podría atenderlas en grupo.

Y hoy tenía a todos los que habían vivido alguna injusticia.

Estos espíritus eran gente buena, pero tenían algo de resentimiento y necesitaban que alguien les explicara qué pasaría con las personas que les habían hecho daño. Ninguno había visto alguna consecuencia negativa en las vidas de los malhechores.

Así que Francesco le dio la palabra a la primera señora que lo miró y le dijo:

–Habla, por favor.

–Señor Francesco, dígame algo: todos los que estamos aquí somos buenas personas, con buenos valores; dimos todo el amor que pudimos y con lo bueno que aprendimos de nuestros padres fuimos a la carrera de la vida. Ésta tuvo momentos en que conocimos personas mágicas, lindas, amorosas, pero de vez en cuando aparecía alguien que nos engañaba, nos robaba, nos mentía. Y ese abuso de confianza, esa maldad, nos ha dejado lastimados, descreídos y hurraños. Las heridas que nos lastimaron nos hicieron ser poco sensibles a la ayuda; pagaron los buenos por los malos. No supimos distinguir a quiénes nos querían de verdad y quiénes no. Ahora venimos a reclamar: ¿dónde está la justicia? Porque en la tierra no está. En la tierra el que no se defiende o el que no es capaz de tener algo de picardía, no sobrevive. Por eso llegamos aquí maltratados, enfermos, desconcertados por tanto mal que nos hicieron. Queremos saber dónde están los que nos dañaron.

Un señor que escuchaba lo que decía la mujer dijo:

–Sí, yo también quiero saber dónde está el imbécil que me estafó y me dejó sin un peso y por eso me enfermé.

Y levantó la mano una señora que contó:

–Yo quiero saber qué pasará con mi exmarido. Él se fue con otra mujer más joven que yo, hizo una nueva vida, le fue fantástico. A mí no me dejó nada material ni a mis tres hijos, y me quedé sola con ellos. Y ahora me vengo a morir porque se me cayó una maceta en la cabeza justo cuando estaba por entrar a trabajar. ¡La justicia de los buenos no la vemos! Queremos ver dónde está el infierno, queremos ver si encontramos a algún conocido.

–O quizá nos mandarán allí a nosotros —dijo riéndose un señor que llevaba a su perrito en sus brazos.

–Cálmense, que la calma siempre ayuda a entender lo que la razón no puede —les pidió Francesco—. Tengan paz en sus corazones, porque si no el infierno lo tendrán dentro de ustedes. Con todo lo que he escuchado, no quiero ser mal pensado, pero creo que una parte del infierno lo tienen en su corazón por no haber perdonado.

Entonces la señora que había tomado la palabra se levantó indignada y dijo:

–Yo he perdonado, pero no he olvidado, y si bien no tengo en mi corazón nada malo, me guardé todo para este momento. Yo sabía que si me moría por lo menos podría conocer las respuestas de Dios. Lo que menos pensé fue que usted me iba a recibir con estas contestaciones tan cursis. Porque en la tierra siempre se dice que Dios tiene sus planes que las personas no entienden. Ahora después de tanto esperar, quiero saber cómo eran sus planes. ¿Cómo es la justicia divina aquí? ¿Adónde van los buenos? A la derecha del padre, ¿se convierten en caballos o qué les pasa?

–¡No en caballo, creo que no! —dijo Francesco un poco confundido—. Puedes estar donde quieras estar, porque donde vayas siempre estarás con Dios. Siempre estás a su lado. Estés vivo en la tierra o seas espíritu en el cielo, Dios siempre está.

–¿Pero la gente que me lastimó dónde está?

En ese momento, Francesco hacía juicios equivocados. Él no entendía por qué esta gente que tenía la posibilidad de llegar al cielo, a la verdadera casa del padre, y vivir feliz, estuviera perdiendo tiempo en preguntas tontas. Pero recordó las condiciones en las que él llegó al cielo, lo asustado y enojado que estaba. Entonces pudo reconocer que era normal que los demás tuvieran interrogantes. Creyó que una respuesta cierta, acertada y amorosa sería la mejor herramienta para esa gente, junto con su bienvenida.

Francesco les relató:

–Hubo una vez un filósofo llamado Empédocles que, después de observar el comportamiento humano, se dio cuenta de que las personas se dividían en consideradas y desconsideradas. Él decía que no existían los buenos ni los malos, sólo quienes eran capaces de ver las necesidades ajenas y ofrecer ayuda. Así las personas crean un buen karma, y los desconsiderados nunca crearán nada bueno porque no pueden darse cuenta de sus fallas. Creo que el filósofo tenía una gran sabiduría.

”Sin embargo, hay personas bipolares, hipócritas, violentas que pueden ser consideradas con unos y desconsideradas con otros. Como los jefes de la mafia, que matan, pero para ellos su familia es sagrada. Hay gente con valores mezclados, algunos son incongruentes y confunden. No siempre el más considerado se la pasa bien. No siempre el más desconsiderado se la pasa mal.

”Pero la recompensa de la vida no está en cómo esas personas se la pasan, sino en lo que viven sus futuros descendientes. Tendrán que ver en qué nivel de amor está su corazón para mejorar.

”A veces las personas sin escrúpulos logran más cosas materiales que los inocentes y crédulos. Pero todo este beneficio es aparente, porque al final a los ladrones nunca les rendirá el dinero ni tendrán una vida con descendientes felices.

–Pero a la gente pobre y honesta no siempre le rinde su esfuerzo —dijo el espíritu de la señora.

–Entonces se preguntarán dónde está el premio del bueno y el castigo del malo. Les diré dónde: en la felicidad de sus hijos y en la salud de sus nietos.

–Pero yo fui bueno —dijo un hombre— y mis nietos nacieron enfermos.

–Habría que averiguar qué daño hicieron sus bisabuelos.

–Pero ¿por qué lo pagan ellos?

–No es pago o castigo, es aprendizaje. Todo un árbol genealógico debe tener la rectitud del alma, si no alguno de sus integrantes se sacrificará para cambiar la historia futura. Les contaré una historia: había dos hombres que deseaban cruzar un río. Los dos habían hecho votos de que nunca tocarían a una mujer. En el momento de cruzarlo vieron a una mujer que se estaba ahogando quien, con las pocas fuerzas que le quedaban, levantó su mano pidiendo ayuda. Uno de ellos no quiso rescatarla porque pensaba que Dios lo podía castigar. El otro no llegó a pensar nada, sólo atinó a rescatarla y cargarla entre sus brazos. La mujer se salvó y los dos hombres siguieron su camino. Entonces el primero dijo: "¿Cómo puede ser que no sientas ningún remordimiento? Has tocado a una mujer". El otro respondió: "Yo ya la cargué y la solté, tú todavía la traes encima". Y eso es lo que ustedes cargan: una gran injusticia en su alma, pero no se puede hacer nada si no la sueltan.

"Las injusticias que se viven no tienen vueltas atrás, sólo si se dejan ir. Así como el viento sopla las nubes y despeja el cielo, el alma pide ser descargada. Nadie lo podrá hacer más que ustedes. No hay vida sin cruces, sólo que se puede cargar nada más la de uno o la de todos; ésa es una elección. Hasta la gente que tiene hijos con ciertas deficiencias disfrutan de ellos y a veces mucho más que los que tienen hijos sanos. Dejen de quejarse de la vida, porque me recuerdan al Francesco que entró por primera vez a este cielo. En mis primeros tiempos aquí me la pasé enojado, reticente y sólo quería volver a la tierra para vengarme, para volverme un hombre recio y hacerle pagar a los que me habían lastimado. Claro que jamás lo podría hacer, porque ésa no era mi esencia. Tenía la libertad de alejarme de quien me hacía daño, pero no lo hice porque algo tenía que aprender. Y aprendí después de muerto. Ésa es la idea de que estén aquí.

"Las personas malas van tocando puertas para ver cuál se abre y cuando alguien tiene un patrón de conducta de carencia la abrirá porque debe pasar por una mala experiencia.

"Esto me recuerda un cuento: una vez una mujer fue a ver a su maestro para ver cómo podía dejar de sufrir. Este maestro ya era una persona muy mayor, que estaba en silla de ruedas. La señora iba a consultarlo porque siempre se metía en sufrimientos inútiles. Entonces el maestro cada tanto con su silla de ruedas le pisaba el pie. La señora sentía el dolor, pero no se animaba a decirle nada. Hasta que finalmente le reclamó: "¿Por qué me pisa?". Él le respondió: "¿Por qué no te cambias de lugar? Si yo te estoy molestando, ¿por qué te quedas?". Ella lo pensó y contestó: "Quizá porque las primeras veces que me pisó pensé que no se había dado cuenta. Luego pensé que si me cambiaba de lugar lo tomaría a mal. Entonces me aguanté el dolor". "¿Y cuántas veces te has aguantado el dolor por miedo a defenderte o a lo que pensarán los demás?" "Muchas..." "Entonces la culpa no es de quien te lastima." "Pues entonces, no..."

"Y les cuento esto porque así nos la pasamos: temblando de miedo por nuestras propias reacciones. La receta no está en reaccionar, está en accionar, en irse del lugar del sufrimiento inútil, que no tiene nada que ver con el karma o con lo que tenemos escrito en nuestra vida.

"En los libros sagrados donde las personas tienen escrita su vida sólo hay cabida para un diez por ciento de libre albedrío, el resto ya está escrito. Hay que pasar por un aprendizaje forzoso. Lo demás es sólo el modo de vivir. Puedes elegir el dolor, el sufrimiento inútil o el placer y la gratitud. Sin embargo, el resto de las hojas de sus libros sagrados que están en color amarillo habla de todo el esfuerzo que se puede vivir en vano. Quizás aguantar el dolor de una enfermedad sea un sufrimiento inútil. Tener personas a tu lado que te lastimen injustamente y aguantar el dolor porque es lo que sabes hacer, es desperdiciar la vida. Y, sí, existe gente considerada, existe gente desconsiderada, y no por eso tienes que quedarte donde no te hacen bien. Para que las puertas de la injusticia se abran, ustedes tuvieron que abrirlas internamente, ingenuamente. ¿Por qué creen que algunas personas las abren y otras no? Porque es necesario confiar y que nos engañen.

"A mí también me engañaron, y en su momento al malhechor le fue mejor que a mí, pero con el tiempo me di cuenta de que fui engañado porque me gustaba sufrir inútilmente. Si no, ¿de dónde sacaría tanta adrenalina?

En ese momento Francesco tomó la estrella que le había regalado su ángel para tener más intuición al dar las respuestas. La estrella se iluminó en sus manos y entonces dijo:

–Todas las personas que hicieron mal no tendrán a su alma gemela en su próxima vida. No serán prósperas ni personas seguras de sí mismas. ¿Les parece poco castigo?

Entonces una señora dijo:

–Yo debo haber sido una mala persona en otra vida, una

desconsiderada, porque todo eso me paso a mí, así me sentí y así crecí.

Francesco asintió con la cabeza y comentó:

—Toda esa inseguridad evidentemente viene de otra vida o de algún antepasado suyo, al cual usted le tuvo una fidelidad oculta. Todo sistema familiar responde a lo que los antepasados no pudieron cumplir. Entonces se debe trabajar en ello, nada es gratis.

—Entonces, ¿cuando una persona está feliz y nada malo le pasa, es porque en su árbol genealógico no tuvo problemas?

—Seguramente alguna vez los tuvo. No hay familia sin problemas, pero sin duda le tocará a alguien trabajar su historia familiar, porque cuando los antepasados no los resuelven siempre condenan a sus descendientes a hacerlo, y esto le toca a la persona más sensible de la familia.

—Maestro —tomó la palabra un señor—, yo tengo un hermano gemelo y a él siempre le fue bien y a mí no. ¿Entonces todo lo que yo pasé fue por ser el más sensible?

—Así es —respondió Francesco.

—Pero entonces, ¿dónde está la justicia?

—En mirarte, en aprender a cambiar.

—¿Entonces ser sensible es malo?

—No, ser sensible es una bendición. Pero recuerda que alguien debe sacrificarse para cambiar al resto de los descendientes y tienes un gran ejemplo con Jesús. En la época en que él es elegido para morir en la cruz, mucha gente quiso ponerse en su lugar y ofrecerse como mártir. Pero no podía ser cualquiera, tenía que ser él, pues era el más sensible de todos.

—Entonces, ¿por qué elijo ese árbol y no otro? —dijo un señor que tenía justo a su derecha.

—Sí lo eliges, y lo haces porque en tu libro del deber y del haber lo que comúnmente se llama karma significa aprender con la vida.

–¿Entonces los que hicieron mal hoy van a transmitirles su sufrimiento a los que nacerán en su familia? —dijo una mujer.

–Sí —respondió Francesco—. Aquí te regalan una rosa por cada buena acción de tu familia y esa acción te hace subir de nivel espiritual. Y al ascender de nivel se siente una inmensa alegría. Cuanto más alto estés, más cerca de Dios estarás.

–¿Entonces los que hacen mal no tienen esos regalos?

–¡Claro que no!

–Pero ¿no van al infierno?

–¿Creen que no hay mayor infierno que ver a un familiar sufrir? —les respondió Francesco con una sonrisa.

–Pero si esa persona no tiene la culpa, ¿por qué la hacen sufrir?

–Porque antes de nacer él elige sacrificarse por los que vendrán en su linaje. Siempre se gana en sabiduría y en amor, si no lo miras como un sacrificio.

–¡Yo no estoy de acuerdo! —dijo la señora.

–¡Yo tampoco! —dijo otro espíritu.

Todos se levantaron enojados y se fueron.

Francesco se quedó sin auditorio, y era su primera enseñanza en el cielo. Sólo esperaba que no fuera la última. Su ángel de la guarda se reía como loco y Francesco, con su ego herido, le preguntó:

–¿Por qué te ríes? Esto fue horrible. Creo que no sé nada. Voy a renunciar al papel que quise representar. Si aquí, siendo un simple espíritu que los recibe en la biblioteca sagrada, no logro que me respeten y me admiren menos podría ser el Maestro del Amor. Creo que tendré que sacarme esa idea de la cabeza. Primero vienen mis amores y no sé qué hacer con ellas, ahora estas personas dicen que no tengo razón.

El ángel le comentó:

–La gente es necia hasta en el cielo. Recuerda lo cabeza dura que eras cuando llegaste aquí, nada querías escuchar y a todo decías que no. No hay peor ciego que el que no quiere ver, ni peor sordo que el que no quiere escuchar. Abre tus alas, respira el aire del cielo, que mañana será otro día...

IV

Los caprichos del amor

El amor no muere, el amor siempre tiene vida. Los lazos no se cortan de ningún modo, porque la fuerza de los encuentros es más fuerte que la luz del sol.

Ahora era el momento en que Francesco debía volver a ver sus acciones en la tierra.

Un maestro vestido de rojo con destellos dorados estaba sentado enfrente de él mirando el libro de su vida.

–Humm... —dijo el maestro—: veo que hasta los treinta y tres años viviste muerto de miedo, con inseguridades y desperdiciando tu vida preguntándote cuál era tu misión. También a esa edad renaciste, como la mayoría de las personas. Y en el momento en que dejaste de preguntarte para qué estabas en el mundo, tu misión apareció. Ésta era la de formar una familia y cuando regresaste al cielo con lo que aprendiste aquí te dedicaste a enseñar y hacerle bien a la gente. Así que, mi querido Francesco, tengo el orgullo de decirte: ¡buen trabajo! ¡No tienes karma! Lo que significa que puedes nacer de nuevo, si lo deseas, pero no es tu obligación hacerlo. Puedes quedarte el tiempo que te plazca, como lo ha hecho tu amiga Paquita, la cocinera.

¡Francesco se puso feliz! Pero a diferencia de su vida anterior en el cielo, en la que no había forma de hacerlo nacer, ahora estaba dispuesto a quedarse por poco tiempo.

Él escuchó lo que le había dicho el maestro, el de tener libre albedrío para elegir entre quedarse o irse. Entonces lo pensó bien y contestó:

–Deseo quedarme aquí el tiempo que sea necesario para aprender más. No quiero quedarme sin este tiempo maravilloso de vivir en el cielo. Deseo que me dejes recibir a los espíritus que llegan a este bello lugar y ayudarlos a que se acomoden. Quiero que me autorices a ser el Maestro del Amor.

–Para eso tienes que dejar tu ego de lado. Si algún espíritu no cree en ti no tienes por qué enojarte. Hoy escuché lo que le dijiste a la gente y me gustó, pero luego te sentiste herido cuando te abandonaron. Recuerda que ni en el cielo ni en la tierra te aplaudirán lo suficiente. Siempre tendrás tus recompensas cuando hagas buenas acciones. Puedes trabajar en la biblioteca sagrada, dar consejos, dar paz, regalar algún poema o alguna canción o pronunciar una simple frase alentadora desde lo más profundo de tu corazón. Pero eso no es todo, hay más trabajo.

–¿Qué más? —preguntó Francesco.

–Quiero que esta vez te conviertas en ángel.

–Pero yo no quiero ser ángel.

–¿Por qué no?

–Porque los ángeles son más buenos que yo. Y tengo entendido que ellos no se hacen: nacen ángeles. Además cantan y yo desafino —dijo Francesco entre risas.

–Pues aprenderás a cantar. Gabriela te enseñará. Es una muy buena maestra.

–¿Y dónde está?

–En la tierra, en un barrio muy bonito.

–Pero ¿cómo? ¿Tendré que volver a nacer?

–No, claro que no. Bajarás de vez en cuando encarnado

en una persona. Serás uno más y le darás lecciones de vida a la gente, a veces con una acción, otras veces con un consejo, otras con sólo ser la voz interior de alguien. Tendrás que ir por la mañana y antes de las seis de la tarde regresarás del lugar donde te encuentres. Buscaremos en el mapa dónde está la maestra de canto y tomarás clases con ella. Pagarás con dinero que nosotros te prestaremos.

–Pero yo no quiero cantar.

–Queremos que le cantes a Dios.

–¿Para qué quiere Dios a un desafinado?

–¡Estás cada día más loco! —rio el ángel—. Tengo un plan: irás a visitar las casas donde haya problemas. No te costará trabajo encontrarlas, de éstas hay muchas; además, podrás encontrarte con gente mayor y darles fuerzas.

–¡Eso me gusta! —dijo Francesco—. ¿Y cuándo empiezo?

–Cuando quieras.

–¿Puedo ir mañana?

–Sí puedes. Pero no te mandaré solo, te acompañará Camila.

–No —dijo Francesco—, eso se me hace muy tramposo. ¿Quieres que me enamore otra vez de ella?

El ángel se encogió de hombros.

–Ella también tomará clases de canto, así que es mejor que te comportes como un caballero.

–Pero mi exesposa se pondrá celosa. ¿Por qué no puedo ir con Elena?

–Porque a Elena no le gusta cantar.

–A mí tampoco —dijo Francesco.

Entonces el maestro miró el libro sagrado de Elena y, después de leerlo, le comentó a Francesco:

–Está bien. Por ahora no vayas, quédate aquí.

Francesco suspiró y le agradeció al maestro, pero éste se quedó pensando y le dijo a su querido amigo:

–¿Puedo hacerte una pregunta? ¿Le tienes miedo a Camila?

–No, miedo no. Tengo algo de angustia de pensar que puedo enamorarme de ella y que otra vez nos abandonemos.

–¡Angustias! ¡Angustias! ¿Qué es eso? —rio el ángel—. Mira cuántos caminos hay en la tierra y ¡cuánto cielo hay arriba! La palabra *angustia* significa *angosto* y cuando el camino se muestra angosto las soluciones desaparecen. Pero ésta es una visión deformada, porque los caminos siempre son extensos, abiertos. A veces existen atajos y bifurcaciones, pero esto no es excusa para no seguir el camino adecuado —después de esa explicación agregó, poniéndose serio—: Está bien, si no quieres ir con Camila, entonces no vayas. Veré si me dan permiso para que seas el Maestro del Amor, pero no te prometo nada. Creo que tenemos algunas otras almas que pidieron ese puesto.

Mientras tanto, Camila acariciaba a los niños que recién llegaban al cielo y los hamacaba en las nubes. Ella era un espíritu alegre y risueño. De pronto, vio entrar a su esposo de su última vida, el hombre del cual se había divorciado. Éste se hizo el que no la veía, parecía enojado con ella. Pero Camila, que no le gustaba enredarse en sentimientos que no le correspondían, decidió dejar que las cosas se apaciguaran para luego acercarse a él cuando llegara el momento.

El cielo contaba con una gran puerta principal, tan grande que desde todos los planos del cielo se podía ver quién entraba. En cambio, el lugar de salida estaba cerca del campo donde María, la más grande de las mujeres, cultivaba rosas. Ahí había unos arcos gigantes que emitían rayos morados y dorados.

Camila hamacó tan fuerte al espíritu de un niño que éste salió volando y cayó en los brazos de un ángel.

–¡Camila! ¡Sé más cuidadosa...! Tendré que convertirme en arquero en vez de ángel.

El niño y Camila se morían de la risa.

El pequeño le dijo al ángel:

–Angelito, ¿por qué estás todo manchado de verde?

–Porque estuve limpiando la vela de la fe, y a veces lo que destiñe no siempre es del color que esperamos.

Camila enseguida se acordó de lo que le había contado el ángel sobre la vela: podía concederle el deseo de que Francesco la volviera a querer, y le pidió al ángel que le mostrara aquella vela gigante de la fe.

Pero éste, que entendió muy bien lo que Camila se traía en mente, le aclaró:

–Recuerda que no hay vela que te devuelva un viejo amor si no lo sueltas primero. Mira tu mano —ella así lo hizo—, ábrela y piensa en tener algo en ella. Ahora ciérrala, piensa que lo que tienes es muy valioso y que no puede escaparse. Ahora observa: ¿qué pasa si la abres?

–Temo perder lo que tengo en mi mano —respondió ella.

–Si fuera la única mano para recoger algo, ¿qué pasaría?

–Siempre tendría lo mismo. No podría cambiar porque no tendría algo nuevo, por temor a perder lo conocido.

–Así es el amor, Cami. No entra nada nuevo cuando no sueltas lo viejo. A veces, ustedes los humanos no sueltan, no por el gusto de tener sino por el miedo a perder. Porque la mente nunca quiere perder nada.

El niño que estaba con Camila entendió mejor que ella lo que el ángel le quiso decir. Camila se quedó en silencio y no agregó nada más.

El ángel le contó que se había considerado que ella bajara con Francesco para ayudar a la gente. Ella se alegró, pero luego se enteró de que Francesco había dicho que de ninguna manera compartiría la experiencia de bajar a la tierra si se trataba de ir con ella.

Camila, indignada, comentó:

–Él es un cobarde, no ha cambiado nada. Mejor lo suelto desde mi corazón y pido otra alma gemela. Angelito, ¿puedes ayudarme a que me reciban los maestros del cielo para pedir un cambio de almas gemelas?

–Sí. ¿Para cuándo quieres la cita?

–Cuanto antes mejor —respondió ella.

–Te recuerdo que para cambiar de alma gemela tienes que pedirle permiso a Francesco —le dijo el ángel.

Así que ella ni tarda ni perezosa lo fue a buscar.

Francesco se encontraba admirando su jardín y contando sus rosas. En su mano tenía una regadera llena de amor y rociaba las flores con agua de lluvia.

–Francesco, Francesco —le gritó Camila.

–Hola, Camila.

–Quiero pedirte algo.

–¿Qué quieres?

–Quiero pedirte un favor: no quiero ser más tu alma gemela. Presiento que en la próxima vida, en la otra y en la siguiente estaremos desencontrados, y la verdad es que no me interesa vivir sin mi alma gemela. Mejor busca a tu exmujer y quédate con ella.

Francesco la miraba y no entendía lo que le decía.

–¿Cómo puedes preocuparte por estas tonterías?

–Tonterías... ¿Ves?, no cambias. Yo te amaba y no me elegiste.

–Yo te expliqué, pero tú no quieres entender.

–¡Quiero mi libertad!

–¡Pero ya eres libre!

–No soy libre, porque me tienes que dar tu consentimiento para que me vaya con mi otra alma gemela. Es como un divorcio espiritual.

–¡Qué dices! ¡Eso no debe existir!

–¡Pues sí...! Hay un ritual en el que se colocan unos símbolos sagrados, te untan un aceite y el lazo amoroso de almas se termina. Yo ya lo vi aquí en el cielo. La verdad es que no hay muchos, pero sí lo quiero.

Francesco la miró seriamente, dejó su regadera y le preguntó:

–Entonces cuando nazca en la otra vida, ¿no te veré más?

–No lo sé, pero por lo menos no sentiremos amor. Y yo no sufriré. Tú, que quieres ser el Maestro del Amor, tendrías que saber que cuanto más desapego tengamos, más felices seremos.

–¿Desapegarte de mí? Por más ritual que hagamos, ¿cómo me sacarás de tu corazón y de tu alma?

Francesco también sentía un vacío en el estómago, y con toda su sabiduría sintió su corazón. Éste le dijo que no, que el permiso no se lo otorgaba. Se puso nervioso, las manos le sudaban de la ansiedad. Sabía que estaba actuando desde lo poco que le quedaba de egoísmo. Pero tenía miedo de que ese permiso los llevara a algo irrevocable, y la verdad es que con los contratos no se juega ni en la tierra ni en el cielo. En eso metió la mano en su túnica y como por arte de magia le apareció la letra de un poema:

¡Ay qué trabajo me cuesta
quererte como te quiero!

Por tu amor me duele el aire,
el corazón
y el sombrero.

[Federico García Lorca, "Es verdad"]

Camila leyó el poema y le dijo a Francesco:

–¿Sabes?, tú siempre me dejas por cobarde. Por miedo a tomar las riendas de la vida de una manera diferente a la que tenías. Pero mira, Francesco, quiero llevar en mi corazón sentimientos buenos y con el amor de este cielo me alcanza y me sobra.

Y desapareció entre una de las rosas preferidas de él.

Francesco se sentó en su jardín y sólo atinó a recordar el momento en que había visto a Camila por última vez antes de que él muriera. Recordó cuando la vio entrar al ashram con su esposo y lo que él sintió. Recordó que en ese momento se había dado cuenta de que amaba a Camila, pero más amaba su misión y a su Maestro. Y en ese instante él la soltó de sus pensamientos y de su alma.

Pero ella... Vaya a saber qué hubiera sentido ella en ese momento.

Francesco no tenía idea de cuánto ella lo había amado, de cuánto lo había extrañado. Él no se enteraría nunca de que Camila siempre tuvo el corazón partido en dos, y una parte era toda de él. Ella podía querer mucho a su esposo, pero más de una vez fantaseó con volver a ver a Francesco. El alma de su esposo siempre lo supo, porque las almas lo saben todo, pero su mente nunca quiso reconocer que algo no estaba bien con

Camila. Por eso cuando entró al cielo no quiso ni saludarla, porque él siempre se sintió engañado. Y si bien en el cielo los sentimientos malos no duran más que instantes, hay algunas almas que son cabezas duras y tardan en cambiar. Pero parecía que a Camila no le había importado mucho la indiferencia con la que la miró.

Camila se fue flotando a hablar con la junta celestial. Cuando llegó al lugar donde se pedía permiso para divorciarse de su gran amor parecía una loca: las alas revueltas, el pelo despeinado y toda su energía fuera de sintonía.

Los maestros le pidieron que hiciera unas respiraciones y se calmara para que pudiera expresar tranquilamente lo que quería decir. Cuando les contó, todos se rieron de ella, pero ninguno le dio una respuesta sobre su divorcio.

Entonces Camila buscó al niño que le gustaba hamacarse con ella, y pidió acompañarlo a la sala de juegos celestiales.

Mientras tanto, Yanino, el Maestro de la Prosperidad, fue a buscar a Francesco para decirle que los Maestros Ascendidos querían hablar con él.

Así, con la nostalgia de su viejo amor, se fue flotando hacia el castillo dorado. Al llegar al lugar quedó fascinado por lo que veía: parecía uno de esos castillos sacados de las películas de Disney. Era la tarde, por eso el anaranjado de las nubes era brillante. Todo el lugar olía a jazmines. Hacía un poco de calor, pero soportable, nada que no se pudiera mejorar moviendo un poco las alas como si fueran abanicos japoneses.

Cuando Francesco entró al castillo un conjunto de ángeles

con tambores y campanas saltaban y cantaban. En el aire, los querubines silbaban la canción que entonaban los ángeles. Los arcángeles portaban una corona brillante y en su mano llevaban una rosa preciosa. Estaban sentados como esperando a alguien.

De pronto apareció un ángel precioso y lo invitó a pararse en medio de la alfombra roja. Francesco quiso preguntarle qué significaba todo este ritual tan misterioso, pero parecía que no había permiso de interrogar nada, y a él sólo le quedaba esperar sin desesperar.

El canto de los ángeles era increíblemente bello. El brillo de los arcángeles aturdía los sentidos. De pronto un rayo cayó en el castillo y se abrió el techo; de una estrella gigante bajó un ser superior, un enviado de Dios o tal vez Dios. Nunca se dejó claro quién era, pero sin duda era alguien totalmente hermoso. Su silueta era una geometría sagrada de colores morados, azules y rojos. Por momentos parecía la cara de Jesucristo, en otros momentos, Buda.

–¡Dios mío! ¡Es Dios! —exclamó Francesco.

Pero el ángel de la guarda, que recién había aparecido, le dijo:

–No importa si es Dios o un enviado, porque Dios está en todas partes. Deja la mente de lado y pon tu corazón en alto; siente, Francesco, siente.

Y con esas mismas palabras los ángeles cantaron un bello estribillo: "Francesco, siente, Francesco".

De pronto, la figura luminosa y amorosa habló:

–Hola, Francesco, tú me has llamado y aquí estoy.

Francesco pensó que era un mensaje equivocado porque él no había llamado a nadie; sin embargo, sabía que este ritual tenía que ver con su pedido.

–Francesco —preguntó la voz—, ¿por qué quieres ser el Maestro del Amor? ¿Para qué?

Éste otra vez sentía que le temblaba todo, pero tomando fuerzas le contestó:

–Querido maestro, yo no sé de apegos, no sé de amores pasionales ni de amores terrenales. Yo sé del amor del servicio y ése es el que quiero enseñar. Sé que hay otros postulantes para este puesto, y quizá yo no me merezca este honor, pues los otros seguramente saben más que yo de almas gemelas y del mundo. Pero sería muy feliz si apoyo el amor del cielo con todo lo que mi Maestro me transmitió.

Y entonces esa figura, esa geometría, se convirtió en su Maestro.

–Por fin veo a mi querido Maestro —dijo Francesco.

Francesco se le acercó y le besó los pies en señal de humildad, y el Maestro se dejó besar. Su querido avatar era de poco hablar, pero cuando lo hacía temblaban hasta las paredes; en este caso, temblaba el castillo.

–Francesco, el amor es representar a Dios en cada acto de la vida y en cada acto del cielo. Si quieres ser el Maestro del Amor debes prometer dar todo sin esperar nada. No sentirte ofendido por si algo de los otros no te gusta. Tener una actitud de altitud, estar sobre las circunstancias que te desagradan y, sobre todo, ser paciente y amoroso. También debes quererte y darte tu espacio. Enseñarle a los demás a amar su vida, donde sea que estén. A no quejarte, a ser agradecido —dijo el Maestro.

Francesco asintió.

–Así es, Francesco...

El Maestro hizo un movimiento con sus manos y materializó un broche de brillantes que colgó en el ala izquierda de Francesco. Un momento inolvidable para él y para el cielo.

Cuando Francesco salía del castillo uno de los ángeles le dijo:

–Francesco, eso sí, no te olvides de otorgarle el permiso a Camila para que se divorcie espiritualmente de ti, pues si no lo haces no podrás ser el Maestro del Amor. Te quedarás con las ganas.

Francesco suspiró y se bloqueó, no pudo responder ni pensar. Una vez más se le repetía la misma historia: elegir entre su misión y el amor de su vida. Ahora era demasiado tarde para decirle a su Maestro que, antes de soltar a Camila, prefería quedarse sin ser el Maestro del Amor. No había vuelta atrás.

Salió apresurado a buscarla para contarle que había cambiado de idea: ahora sí le concedería la libertad espiritual. Claro que no le contó todo lo demás.

Camila no entendía por qué cambió tan pronto de idea, pero su orgullo pudo más y le agradeció su disposición, aunque reconoció en su interior que esta decisión le molestaba más que la anterior.

Entonces ella fue a pedir permiso a la junta celestial y se lo concedieron.

–El día 12 de mayo a las seis de la tarde, en la playa, haremos el ritual, nosotros le avisaremos a Francesco —le dijeron.

Francesco tuvo que llevar el aceite espiritual y Camila el símbolo de divorcio de almas gemelas. Así fue que al otro día todos los ángeles se encontraron reunidos tomándose de las manos y formando un círculo.

Él estaba molesto. No le gustaba perder nada, ni siquiera en el cielo. Un espíritu apegado lo es en todos lados.

Ella estaba despechada, como retándolo.

Los dos dijeron unas palabras en arameo... Con la mano izquierda, medio temblorosa, ella pudo marcar en la frente de

Francesco algo parecido al símbolo del infinito. Y él le colocó unas cruces también en la frente y a la mitad de su pecho.

En vez de sentir los dedos espirituales de Francesco, Camila sintió que la había atravesado una espada. Los dos se miraron con una sonrisa. Pero era una sonrisa falsa, porque ninguno quería dejar de ser el alma gemela del otro.

El ángel de Camila le dijo a ésta en un tono un poco fuerte:

–Si así lo quisieron, así lo tienen.

Los ángeles no entonaron ningún cántico, sólo dijeron una bendición en latín y luego cada uno se retiró a sus tareas.

–¿Ahora sí estás contenta, Camila? —atinó a preguntar Francesco.

–¡Ahora me siento libre! ¿Y tú cómo te sientes? —dijo Camila.

–Triste y con un agujero en el estómago —le confesó.

Ella le dio las gracias y se fue sin despedirse formalmente. Pero era mentira que estaba contenta, se sentía consternada y triste.

Francesco se fue angustiado y no pudo descansar en toda la noche. Salió de su habitación de cristal a mirar el cielo que estaba lleno de estrellas, y le habló a una de ellas, creyendo que era Dios:

–¡Qué difícil es todo!

Pero la estrella se apagó. Y él se fue a tratar de conciliar el sueño. Mientras dormía recordó un poema de Jaime Sabines que, cuando lo escuchaba, lo invitaba a amar profundamente:

Espero curarme de ti en unos días. [...] ¿Te parece bien que te quiera nada más una semana? No es mucho, ni es poco, es bastante. En una semana se puede reunir to-das las palabras de amor que se han pronunciado sobre la tierra y se les puede prender fuego. [...] Porque esto es muy parecido a estar saliendo de un manicomio para entrar a un panteón.

Y Francesco rio entre sueños, porque recordó que esta historia estaba mucho más allá del panteón.

V

El reencuentro

Las cosas son como son, no como imaginábamos ni como las creíamos. Son como deben ser, ni más ni menos. Las personas que nos hacen bien no cambian nunca.

Hoy es un día especial, todos los Maestros Ascendidos están de fiesta. Francesco fue invitado a ella y grande fue su sorpresa al ver ahí a su Maestro. Junto a él estaban otros maestros como Kuan Yin, Saint-Exupéry, San José, San Germán.

Y el Maestro de túnica naranja, su gran amigo y guía, le dio la mano y le impregnó una energía infinita de seguridad y amor. Su Maestro era de pocas palabras, pero su mirada lo decía todo.

Él estaba feliz de habérselo reencontrado en tan pocos días. Francesco le contó que, en un principio, cuando quiso convertirse en el Maestro del Amor se lo habían negado y, a cambio, le dieron un puesto en la biblioteca sagrada. Entonces le narró que había estado probando suerte con un grupo de personas, pero que ellas parecían no haberse quedado conformes con sus palabras. Esto le daba cierto miedo, porque ahora su responsabilidad era aún mayor.

Entonces el Maestro le dijo:

–Francesco, cuando la gente de fe venía a mí sólo una mirada mía les bastaba para saber que yo era un maestro de carne y hueso, con poderes de un dios sobre la tierra. Pero muchos que no eran recibidos ni habían podido estar cerca de mí se iban desilusionados. Entonces sus reacciones no dependían de mí, sino de su mente. Hoy esos espíritus están en todo su derecho de reclamar y de dudar, de ser tan humanos como en la tierra. Ésta es la verdad: en el corazón de cada uno están las respuestas, y aquí el corazón también late fuerte de alegría cuando quiere ser feliz. Aquí no existe la disconformidad ni las dudas, porque en el cielo está el amor y el amor nunca te deja flotando en la incertidumbre. Pero cuando un espíritu llega aquí todavía arrastra algunos sentimientos y algunas dudas; en ese momento, cuando tú los recibiste, estaban con preguntas y exigían respuestas que sólo su ángel puede darles.

Francesco asintió con la cabeza y comentó:

–Pero si los ángeles son los únicos que pueden dar respuestas, ¿entonces los que somos o queremos ser maestros no las podemos dar?

–Sí —respondió el Maestro—. Los maestros dieron las respuestas y los espíritus se quedaron felices; pero hay otros maestros, como tú, que se asustan de no saberlo todo y temen equivocarse. La vida es lo más hermoso que te puede pasar. Es en el interior donde hay que trabajar, donde las verdaderas puertas se pueden abrir. Y cuando una persona crece y evoluciona, al mismo tiempo crece su familia, pero cuando alguien decide quedarse pequeño nadie del clan familiar puede mover un dedo. Las experiencias de vida no son para quejarse, porque de la queja no sale nada nuevo. Las experiencias son buenas para tener sabiduría. Ellas muchas veces nacen de las equivocaciones, porque no avanza quien no se equivoca. Por eso el examen sobre cómo se vive sólo lo puede pasar quien ve su experiencia como un tesoro y no como un castigo.

Francesco asentía con la cabeza y sabía que estas palabras eran las correctas. El tiempo que el Maestro y él estuvieron juntos le había parecido mágico. El Maestro siguió contándole cómo las personas se complican la vida y van detrás de lo material, sin saber que en realidad todo es prestado. Con sus manos materializó una flor de cristal. Cuando se la dio le dijo que ésta simbolizaba todas las religiones y cada una de ellas representaba una verdad, no la verdad absoluta. Todas hacían la verdad. Luego le dijo:

–Nadie puede hacer todo bien ni todo mal.

"No hay personas totalmente imperfectas ni totalmente perfectas.

"Nadie muere totalmente enfermo ni nadie vive totalmente sano.

"Los padres no pueden tener un manual para saber cómo criar a sus hijos ni sus hijos tienen un compendio de cómo perdonarlos.

"El matrimonio no tiene un libro que enseñe cómo tratarse entre sí.

"Nadie nace sabiendo ni nadie muere siendo un ignorante.

"Los espíritus saben su camino, sólo preguntan para entretenerse.

"Sólo las personas que se quedan extrañando algo son las que tendrán que aprender el verdadero desapego.

"Todas las almas tenemos diferentes puertas y todas se abren cuando es el momento.

"El castillo de la fe tiene varios escondites donde se encierran las interminables dudas. Recorrerlo será la única forma de saber a dónde conducen esas puertas.

"Todas las personas son guerreras de vida, algunas más miedosas que otras, pero a ninguna le ha tocado no luchar.

"La lucha siempre ha sido constante y mucha. Quien admite que no sabe nada, lo sabe todo, y quien admite saberlo todo, no sabe nada.

"Sé que te preocupa la ingratitud de las personas que se quejan, pero calmarlas no es tu trabajo, darles respuestas tampoco.

–Entonces, Maestro, ¿cuál es mi trabajo en el cielo?

–El mismo que hacías en la tierra con tus cartas. Cuando le dabas un consejo a alguien sólo le estabas dando una cuota de fe, y eso los hacía actuar y dirigirse hacia lo que querían. La fe, esa fuerza indescriptible, es la única llave que abre todas las puertas. El otro día, cuando recibiste a tus alumnos, sólo pudiste responderles algunas interrogantes que tenían, pero a ninguno le diste fe.

–Pero ¿qué tipo de fe necesitan si están en la casa de Dios?

–Ellos necesitan una palabra que les muestre que todo va a estar bien, que todo pasa y que todo se termina acomodando. La vida es simple donde sea, ya sea en el cielo o en la tierra. Es la mente la que la complica, y aquí cuando llegan *muy mentes* entonces se vuelven complicados. Y no debería ser así, porque cuando se espera algo es porque el alma sabe que lo puede cumplir.

Francesco lo interrumpió para contarle:

–Maestro, ayer recibí a una niña que se había suicidado. Ella me dijo que no le había gustado su vida y que entonces había querido terminar con ella. Claro que aquí no tiene castigo, pero ¿entonces yo tendría que haberle dado más fe? ¿Tendría que haberle dicho que todo está bien?

El Maestro asintió con la cabeza.

–Ella aquí no tendrá castigo, sólo un poco más de trabajo. ¿Cómo darle fe, si ésta no se da, ésta se tiene? —dijo Francesco.

–Te explicaré. Hay personas que tienen la fe en la boca y en el corazón y suelen decir: "Hay que tener fe". Pero hay personas depresivas que no quieren saber nada de tener fe y necesitan un factor externo, una persona, un mensaje, algo que se las devuelva. Cuando las personas viven un milagro, ellas son llamadas a dar fe, a transmitir a los demás su milagro de vida. Si no ¿para qué quedarse en la vida? ¿Sabes qué es lo único que una persona debería pedir en la vida?: tener alegría. La alegría es la gloria de Dios. Es el entusiasmo, el dios adentro, el que hace que una vida valga la pena vivir.

"Nadie debería pensar que lo material es alegría, porque si bien todo el mundo merecería tener una vida próspera, la alegría de lo material dura poco y la verdadera gracia del corazón dura mucho.

"La familia es lo máximo que tenemos, pero a veces a ésta no se le rinde honores. Si bien todos dan lo mejor de sí, muchos se quejan de no tener el reconocimiento debido. ¿Por qué crees que buscan el reconocimiento de sus padres, de sus hermanos, de sus maestros? Te diré por qué: porque no son espíritus alegres. Para estar seguros, ellos necesitan ser reconocidos y admirados. Pero no todos los integrantes tienen la capacidad de ver en los otros esos dones. Entonces su alegría dependerá de lo que los demás generen en ellos y su felicidad estará en manos de cualquiera, todo por culpa de su vulnerabilidad.

"Todos los integrantes de la familia son corazones fuera de tu cuerpo. Todos serán importantes para ti, pero para amarlos no es necesario que dejes de vivir para atenderlos. Porque cada cual sabe cómo atenderse.

"A veces los adultos mayores deciden vivir de un modo y los hijos los llevan a vivir del modo que ellos creen que sería lo mejor. Pero los ancianos, que son los sabios, los que están disfrutando de su vejez, tienen derecho a vivir como más les plazca. Cuando un papá se hace mayor, al hijo le duele ver su vejez, porque le refleja una realidad de su propia decrepitud. Cuando un padre o una madre se vuelve lento, el hijo se pone nervioso. Esa lentitud es la que sus padres necesitan para estar en orden con la cronología de la vida. ¡Para qué correr, para qué apurarse si ya vivieron! No los apures, respeta sus tiempos.

"Cuando los niños son pequeños se vuelven inquietos y movedizos. Los padres y los maestros los diagnostican con déficit de atención y los medican para que se queden quietos y lentos, como sus abuelos. Sin embargo, hay algo que esos padres no saben: quien se mueve mucho, quien no presta atención en la escuela tiene exceso de vida. El movimiento es vida. Déjalos que se muevan, ya tendrán tiempo de volverse mayores y lentos.

"La escuela debería existir sólo si transmite valores humanos, si enseña a vivir. Cuando algo de esto se haya aprendido, entonces se incorpora el conocimiento de las materias y se les enseña a los niños a viajar con su mente para aprender geografía o historia. Se les enseña las cuentas, sumando lo que se gana y restando lo que se pierde. Se enseña a dar y valorar lo que se recibe. Ésa sería la verdadera materia de la contabilidad.

"Falta mucho tiempo para que todo se transforme, pero tengamos fe... que todo podrá evolucionar cuando haya un cambio de conciencia.

"Por ahora, Francesco, conviértete en el maestro que gustes, pero nunca dejes de aprender y de querer ser mejor. Porque la ley de arriba y abajo es la misma.

Yohana García

Francesco besó los pies de su Maestro en símbolo de respeto y gratitud, y se despidió mostrándole que llevaba con orgullo una parte de la sabiduría que le había enseñado.

El Maestro desapareció y Francesco se fue flotando a su habitación de cristal, la misma que había tenido en su vida pasada en el cielo.

VI
Los libros de la vida

Ella tomó el camino de la izquierda,
él el de la derecha.
Pero los dos olvidaron que el mundo era redondo
y como no podía ser de otro modo
se volvieron a encontrar.

El Maestro del Tiempo, algo despistado, tropezó con su túnica que le quedaba un poco larga, pues en el segundo cielo donde las confeccionaban había costureras recién llegadas. Entonces el maestro decidió levantarla para atravesar un charco de agua que había quedado en un pozo. (Porque el cielo tiene paisajes, playas y también hay algunos pozos de agua.)

Llevaba los dos libros sagrados del alma de Elena Carpio y Camila Echeverría. Los dos amores de Francesco; Elena, su esposa de su última vida, y Camila, su alma gemela a la que también en el cielo le decían Rosario. La historia de las vidas pasadas de Francesco también estaría incluida en esos libros benditos.

Elena era la esposa de Francesco. Ellos se habían conocido desde niños cuando eran compañeritos de catequesis. Elenita, como la llamaban sus amigos, una vez por semana al mediodía subía la colina que estaba detrás de la iglesia. Tomaba ese camino para espiar a Francesco, que siempre estaba a esa hora jugando a la pelota. Cuando él la veía pasar, le silbaba y le gritaba algo bonito. Ella se sonrojaba y sonreía. Los amigos de Francesco lo molestaban por actuar como galán emocionado.

El muchachito, de apenas once años, siempre decía que se iba a casar con esa niña; ella, cuando se imaginaba adulta, se veía casada con ese niño de pelo rojizo y pecas coloradas. También lo veía como el papá de sus futuros hijos.

Y así es como las almas nunca se equivocan. Se adelantan a los hechos que serán inolvidables en una vida. Siempre saben todo, con lujo de detalles, con memoria de tiempos y de acontecimientos. Sólo que ese conocimiento se pierde cuando la mente entra en juego.

Elena provenía de una familia italiana, un poco rústica y de muy buenos sentimientos. La niña nunca había visto a su madre enfrentarse a los maltratos de su padre. Aunque, en realidad, de su infancia recordaba muy poco. Elena, esa pequeña hermosa con el tiempo se convirtió en una mujer hecha y derecha, muy noble y de ideas algo anticuadas.

Durante la adolescencia ella y Francesco no se habían vuelto a cruzar y un día, en una oficina donde se pagan los servicios de agua, se reencontraron y en su mente cada uno se acordó de lo que decía cuando eran niños.

Así es el camino de las almas: las que no se tienen que encontrar, no se encuentran, y las que sí, el tiempo las acomoda a su antojo.

Después de unos días de ese fugaz encuentro, los muchachos empezaron a frecuentarse y, mientras salían a comer helados cada tercer día, se enamoraron locamente. Ahora con un sentimiento mucho más adulto.

Cuando Francesco decidió ser su novio tuvo que pedirle permiso a toda la familia; ella tenía veinte años y él veintitrés. Así fue como pasado un tiempo decidieron casarse, ser felices y comer perdices. Cuando se casaron, no tenían casi nada de dinero, como la mayoría de las parejas. A los pocos años de haber construido su nido de amor, tuvieron dos hijos, que se llevaban casi tres años de diferencia cada uno. Criarlos no fue tarea fácil, sin embargo, verlos crecer había sido una gran bendición para sus padres.

Francesco se sentía un poco fracasado porque su parte profesional no la había desarrollado como realmente hubiera deseado. Él era un hombre inseguro, algo envidioso y muy solitario. Tenía una fuerte apatía por la vida; en los momentos más álgidos de su vida, cuando había que tomar decisiones importantes, sufría una especie de parálisis del pensamiento: pensaba tanto que no actuaba. Le costaba mucho confiar en él, porque el que piensa y no actúa se queda en el mismo lugar de partida.

Por su parte, Elena se volcó en atender a Cristian, su hijo mayor, y, sin querer, fue dejando un poco de lado la relación con su esposo. Cristian era carismático, aunque protegido sobremanera. A veces Elena lo ahogaba tanto con sus cuidados que el chico sufría una especie de asma psicológica. En cambio, la pequeña Florencia era traviesa y extrovertida. Confrontaba a su madre y prefería a Francesco, pues él no la acosaba como Elena. Era una familia normal, como casi todas, con poco ímpetu para cambiar sus vidas.

Francesco a todo le tenía miedo: a manejar un auto, a arriesgarse, a sacar un crédito. A lo que fuera. Y su hijo detestaba los miedos de su padre, de tal manera que sólo le pedía a Dios no parecerse a él cuando fuera grande. Con el tiempo así lo cumpliría, porque cada persona puede crecer por imitación o por diferencia a como fue criado. Y este niño estaba decidido a hacer todo distinto. Claro que esto su padre no lo sabía, pero lo intuía.

Francesco había puesto una fábrica de juguetes con su hermano y ya tenía más de veinte años con ella. Él los fabricaba y su hermano los comercializaba. Pero su hermano no era honesto como él; siempre hay una oveja negra en la familia. Siempre quería quedarse con la mayor ganancia y lamentablemente lo lograba. Francesco sentía la ambición de su hermano, intuía su egoísmo, pero no se animaba a decirle nada, porque cuando quería hablarle o insinuarle algo, todo se ponía negro como la boca de un lobo. Su hermano se ofendía y Elena siempre trataba de negociar para que las dos partes se quedaran contentas. Ella, como mediadora, le decía a Francesco que no tenía que enojarse, porque su hermano era su sangre; deseaba que se mostrara por encima de las circunstancias.

Era una buena excusa para no ver la realidad y no enfrentar las cosas.

Pero la verdad siempre sale a la luz. Y la verdad junto al tiempo se hacen muy buena compañía.

No es posible arreglar las cosas sin enfrentarlas, sin provocar guerras y malestares.

No se puede tapar la incomodidad diciendo: "Aquí no pasó nada", cuando ha pasado de todo.

No es bueno guardarse en el corazón situaciones dolorosas, pero tampoco es válido dejar pasar las malas acciones. Porque el corazón a veces no tiene lugar para guardar tantos sentimientos tóxicos y puede explotar.

Aunque éste no era el caso de Francesco, él explotaría por otro lado. Él siempre se preguntó cuál sería su misión. Nada lo apasionaba, sólo la música; sólo cuando tocaba su saxofón metía el mundo dentro de su alma. Pero la verdad es que la música no daba para comer, y en esta familia eran cuatro para alimentarse. Entonces él no podía más que aguantar un trabajo que no le producía ninguna emoción positiva. Sólo tenía las fuerzas y la fe para ver crecer a sus hijos.

Mientras los niños eran pequeños era fácil darles gusto, llevarlos de un lado a otro; pero en cuanto se fueron haciendo grandes, enfrentaron a sus padres. Esto fue muy sano para la vida de ellos, pero no para el ego de sus progenitores.

A Elena no le gustaba confrontar a nadie. A todo terminaba accediendo, aunque no estuviera de acuerdo con su esposo. Para ella, Francesco no tenía actitudes negativas que la molestaran mucho, sólo una la enfurecía: su apatía; la enardecía. Francesco no hacía nada para distraerse. Era huraño, casi nunca quería salir de su casa para ir a pasear, salvo para ir al trabajo.

A veces los niños se enojaban porque les hubiera gustado que los llevara a algún lugar divertido. Pero nada más lejos de la realidad, pues en esa época no se acostumbraba a que los niños tuvieran prioridades y aún menos pensar en sus pasatiempos. Sólo se pensaba en los deberes familiares y en las necesidades propias de los adultos; los gustos de los niños siempre quedaban para el final.

Así crecieron ellos, con paseos a la casa de su abuela de la mano de su madre. Mientras, su padre se quedaba regando el jardín, bañando a su perro Pancho o haciendo algún arreglo de la casa.

Un día Elena le dijo a Francesco que quería comprar un departamento con el dinero que acababa de heredar. Él le pidió que lo invirtiera en la fábrica que tenía con su hermano, así ésta podría crecer con el tiempo y podrían darles a los muchachos un mejor futuro.

Elena no dudó en dárselo, sólo que le pidió que vigilara bien a su hermano. Él prometió hacerlo, pero casi nunca cumplía con su palabra de ponerle límites a su familia. Su hermano no tardó mucho tiempo en dejarlo en la ruina. Francesco descubrió que lo había estafado: con el dinero de los ahorros de Elena, había abierto otra fábrica que tenía a escondidas, con la que, además, le estaba yendo muy bien. Francesco se llenó de impotencia y de rencor.

Lo peor que le pasó es que nunca se animó a enfrentar a su hermano como debía y merecía. Un día se pelearon y Francesco, después de esa gran discusión, cambió su carácter, se hizo aún más reservado, meditativo y triste.

Y así como Dios tiene una gran imaginación y maneja los tiempos, también maneja las circunstancias con las que vamos a vivir, y en ellas las coincidencias se vuelven perfectas. Muchas veces en nuestra vida coinciden los encuentros, los desencuentros y en ese capricho de destino todos estamos al final en el lugar correcto. Ahí, donde existen las personas perfectas y las escenas de la vida se vuelven imperfectas.

Una tarde de otoño Francesco iba caminando por la calle de la iglesia del pueblo y se paró a comprar unas castañas asadas; de pronto, una mujer, que se hallaba a un lado de la vendedora, lo miró y le dijo:

—¡Señor, los hombres no deben temer porque en el temor está la pérdida de toda lucha! Luche por lo que cree que es justo. Si el amigo que lo estafa se ha vuelto injusto se le debe aplicar justicia; si quien lo estafa es un enemigo se le tendrá que dar justicia y castigo; pero si es un ser querido quien lo estafa, usted defiéndase, que la familia también tiene algunos diablillos.

Francesco la miró un poco confundido y confió en lo que le decía. Entonces le preguntó:

–¿Por qué me dice todo esto?

–No lo sé... Las cosas son como son, no le dé vueltas: si alguien le miente, le miente, y si alguien lo estafa, lo estafa. Muchas veces solemos tapar las malas acciones de los otros justificando su actuar y eso nos hace sentirnos más buenos, pero hay entre acciones y acciones. Cuando un hijo nos miente lo justificamos, y pensamos que si un muchachito lastima es porque es inmaduro, porque quiere llamar la atención o porque sus padres se separaron cuando él era chico y no lo han sabido criar. Podemos decir lo que sea, pero le repito, señor: cuando lo estafan, lo estafan; cuando le mienten, le mienten.

–Señora... —dijo Francesco riéndose de los nervios—, no le eche más leña al fuego. ¿Entonces usted piensa que tenemos que pelearnos todo el tiempo, a toda hora, cuando vemos injusticias?

La señora se quedó pensando, y luego le dijo:

–¡Pues sí! Cuando aprenda a poner límites, todos los que lo rodeen sabrán dónde tiene usted el poder. Hasta un renglón tiene márgenes, porque una escritura fuera de los márgenes queda poco legible. Así es: o pone usted límites o la vida se lo come.

En ese momento Francesco sintió un fuerte dolor en el pecho pero se lo aguantó, él creía que le había subido la presión.

–Perdón, señor, no sé por qué le dije todo esto. Quizá se lo digo, porque soy bruja.

–¿Usted es bruja? —preguntó Francesco asombrado—. Pero ¿las brujas son malas?

–Bueno, soy una bruja buena, sólo que en mi país la palabra *bruja* significa mujer de gran espiritualidad.

–Y en su país, ¿a la bruja mala cómo le dicen?

–Ay, señor —dijo la mujer riéndose—, no me acuerdo. ¿Sabe? Yo sé tirar el tarot, y si usted quiere un día podría venir a que le lea las cartas.

–Muchas gracias —le dijo Francesco—, pero no creo en eso. Respeto que usted lo haga, me imagino que lo debe hacer bien.

La señora sacó de su bolsa una tarjeta y le dijo:

–Si alguna vez me necesita, llámeme.

Él le agradeció y se fue algo confundido.

Cuando llegó a su casa le contó a Elena lo sucedido y ella, que además de católica era muy espiritual y creyente, se quedó con la tarjeta de la supuesta mentalista. Leyó su nombre: Luna, vivía muy cerca de la casa de su hermana. No dudaría en visitarla cuando se diera la ocasión. Mientras tanto habría que darle ánimos a Francesco, quien cada tanto se desinflaba.

Elena sentía muchas veces que su esposo le quitaba energía, pues él siempre y por todo se quejaba. A todo temía y no se daba tiempo de disfrutar. Sólo pensaba en el bien de los demás y casi nunca pensaba en él. Sus hijos se habían cansado de invitarlo a salir a pasear y ya se habían resignado a no invitarlo más.

Con el tiempo Francesco se acostumbró a quedarse en su casa en la compañía de su perro Pancho, mientras Elena iba con sus hijos a visitar a su madre y a su hermana. Los niños siempre fueron obedientes y muy aplicados en el estudio. Su hija Florencia decía que de grande quería ser veterinaria, pero para eso faltaba algunos años.

Un día Elena no pudo con su curiosidad y fue a ver a la vidente. Caminó por unas calles estrechas y soleadas y dio con la dirección; era una casa con la fachada de piedra y una chimenea incrustada en las tejas rojas. Parecía de más de cien años y estaba segura de que era muy húmeda, pues desde lejos se podía sentir el olor a piedras mojadas.

Tocó la puerta de la que pendía una herradura que producía un sonido especial. Al segundo toque se escucharon ladridos y la voz de una mujer que preguntaba quién era. Elena no supo cómo presentarse y sólo se le ocurrió decir que quería ver a la señora que leía las cartas.

Luna, que así se llamaba la vidente, abrió la puerta, parecía que estaba cocinando porque había un aroma de salsa para pastas. Le sonrió a Elena y le pidió que hiciera una cita para que las dos estuvieran más organizadas.

Elena, de regreso a su casa, pasó a visitar a la Virgen de la Candelaria que estaba bellamente colocada en la iglesia dedicada a ella y le prendió una vela. Siguió su camino, y cuando entró a su casa le contó a Francesco que había ido a ver a la señora del tarot. Él lo tomó a mal, pues tuvo miedo de que fuera una embaucadora y le llenara la cabeza de cosas feas. Lo dijo, a pesar de que él había sentido muy buena vibración cuando estuvo esos minutos con ella.

Elena le gritó enojada:

–¡Tú siempre tan mal pensado, siempre muerto de miedo! ¿Cómo me van a embaucar? ¿Crees que soy tonta?

Él se encogió de hombros y se fue a mirar televisión.

Al otro día Elena se arregló y, entusiasmada, fue a la casa de Luna.

Hacía algo de frío, así que sacó unos guantes negros de su bolsa y se los fue poniendo por el camino; mientras iba guardando cada dedo, pensó en lo sola y desdichada que se sentía. También sintió angustia al pensar en el futuro cuando sus hijos crecieran y ella no tuviera nada que hacer más que mirar televisión con Francesco. Recordó todas sus ilusiones cuando era joven y cómo hizo realidad cada sueño; sin embargo, sabía que así como se había acostumbrado a la rutina junto a su esposo, los dos habían deseado poco, trabajado mucho y obtenido lo normal para vivir. De eso no se quejaba, sólo le parecía que si esto era el sentido de la vida, era muy poco. Claro que si se comparaba con las personas que no habían hecho nada, tenía mucho. Pero Elena creía que esas comparaciones nunca eran buenas, pues si el alma sentía un vacío seguramente era porque se debería llenar con algo más.

Cuando llegó a la casa de Luna, ya la estaba esperando en la puerta. Era una gran mujer hecha y derecha. Agradecida por la vida y muy querida por ésta. Tenía una boca grande y una sonrisa inmensa. Llevaba su cabello canoso, que la volvía más interesante, atado en una cola de caballo.

Ella había tenido tres hijos y cuatro nietos, pero casi nunca la visitaban. Tal vez la tenían un poco olvidada porque ella no pedía nada para su persona. Su esposo había muerto cuando era joven y su única compañía eran sus perros Tommy y Hernán.

El hogar de Luna era rústico, cálido y con muchos adornos pequeños. Con la decoración, las macetas y cada rincón, dejaba muy claro cómo era su corazón. La casa es el fiel reflejo de lo que cada uno es.

Luna hizo entrar a Elena y le sirvió un té de rosas y menta. Se dispuso a mezclar las cartas mientras le pedía su nombre completo. Le preguntó qué era lo que más le preocupaba y Elena le respondió que el futuro de su familia y el de su pareja.

La tarotista le pidió que cortara dos veces las cartas para que quedaran tres montoncitos. Cuando las vio se quedó en silencio unos segundos. Pudo observar los arquetipos: la torre invertida, el mundo invertido y el juicio final. Entonces Luna miró a Elena a los ojos y le contó lo que veía en las cartas.

Elena le comentó que nada de lo que le decía era cierto. Ella estaba cerrada a salir adelante con su vida, como su querido esposo; quizá por algo coincidían en esta vida. Cuando uno se animaba a cambiar, el otro retrocedía y así se la pasaban en el juego de la vida. Un juego tramposo, inconsciente, macabro y muy común entre las parejas. Parecía que en el barco de la vida los dos no podían remar al mismo tiempo ni en la misma dirección. Cuando uno se animaba, el otro decaía. Cuando Francesco se envalentonaba y quería enfrentar a su hermano, Elena le pedía que no hiciera nada. Cuando Francesco se calmaba, era Elena quien le echaba leña al fuego.

Transcurrieron dos años para que la esposa de Francesco volviera a visitar a la tarotista.

VII

La ilusión de la espera, desespera…

Y no debería ser así, porque cuando se espera algo es porque el alma sabe que lo puede cumplir.

Muchas veces los amigos nos hacen más cortas las esperas, por eso la amistad es la dulce entrega de dos almas que desean seguir mirando el mismo camino, el mismo horizonte, las mismas alegrías. El poder de los amigos es una de las bellas formas que tiene Dios de hacerse presente en nuestra vida.

Luna tenía en la sala de espera a mucha gente, había remodelado su casa y también la habitación donde había atendido a Elena por primera vez. Ahora era un consultorio muy bonito.

Elena vio cómo la gente iba en pos de una respuesta para sus vidas. Pensó en cómo la desesperación muchas veces hace que las personas se aferren a algo que está fuera de ellas, llámese fe, iglesia, tarot.

A su lado estaba sentada una señora que intentaba mantener una conversación, mientras esperaban el turno de la consulta. La mujer le contaba cómo le había ayudado Luna, y le dio una receta muy antigua para que pudiera limpiar energéticamente su casa.

Elena estaba totalmente desorientada y con su cabeza hecha un lío, pues hacía justamente un mes que se había quedado viuda. Estaba bastante perturbada, sin esperanzas. Quería saber cómo era la vida de Francesco en el cielo, o donde fuera que estuviera. Se sentía culpable por no haberlo entendido. Se sentía sin fuerzas. Tenía a sus hijos hechos pedazos y su economía en pie de guerra. Nada motivador la esperaba.

En cuanto Luna la llamó para atenderla, ella se echó a llorar en sus brazos. Luna estaba acostumbrada a estos recibimientos y los tomaba con el más grande amor. Elena lloró hasta agotarse, mientras la tarotista le alcanzaba pañuelos desechables y le decía:

–Elena, cálmese.

Luna le volvió a dar la misma esencia de té que le había servido años atrás en su primera consulta. Elena le pidió encarecidamente que mirara las cartas para saber cómo estaba Francesco.

La mujer tomó las cartas, las mezcló y le pidió a Elena que las cortara; en ese momento se cayó una, la misma que había salido en último lugar cuando la visitó por primera vez: la del juicio final. Elena se acordó de ella y de lo que le había dicho Luna. Sin embargo, ninguna carta le devolvería a su Francesco.

Lo que Elena no sabía era que Francesco la miraba desde el cielo, asombrado por lo que podía suceder. Entre asombro y amor por ella, esperó a que se comunicara. Aunque Elena y él no tenían ni idea cómo podrían hacerlo, la intención sí estaba en ambos.

Luna le comentó que ella sabía comunicarse con los espíritus. Era muy buena con lo que sabía hacer y, sobre todo, era una mujer decente. A pesar de que Elena era algo incrédula y estaba desesperada, no dudaba ni un segundo de que estaba en el lugar correcto.

Luna prendió una vela morada y empezó su ritual de oraciones.

Para las mujeres parecía que Francesco estaba sordo, o mejor dicho, las sordas eran ellas porque él sí les hablaba. Sólo una frase venía a la mente de Luna y ésa era: "¡Tengo paz!". Francesco se la repitió a su mujer muchas veces y la mente de Elena no la escuchó, pero su corazón sí.

La mayor preocupación de Elena era saber si Francesco se había ido de este mundo con algún pendiente; Luna le aclaró que esas respuestas no las sabría contestar con certeza. Le dijo que con pendientes se van todos, porque las personas siguen haciendo planes, ya sea en una hora o en un día más de vida.

Francesco les gritaba a las dos que estaba bien, contento, que amaba el cielo y la amaba a ella, adoraba a sus hijos y les mandaba miles de bendiciones. Pero ellas sólo percibían un murmullo muy suave que no distinguían muy bien.

De pronto, Francesco encontró una forma más fácil de comunicarse que la de hablar, pues los espíritus no tienen cuerdas vocales: les mandó un colibrí, que voló por encima del árbol que se veía desde la ventana. ¡Entonces el colibrí golpeó la ventana!, y Luna, gritando de alegría, le explicó a Elena que ésa era una gran señal de su amado Francesco.

A partir de entonces fueron muchas las visitas que Elena hizo a la dulce tarotista. Una vez por semana recorría las estrechas calles del pueblo para ir a verla; a veces le horneaba unas galletas de avena, otras le llevaba de regalo un paquete de café recién molido. Elena trataba de no llegar con las manos vacías.

Luna era una mujer muy querida y para nada interesada; el cariño de sus consultantes la llenaba de alegría y para ella todo era importante: el regalo más ínfimo o la expresión más tenue de alegría.

Una tarde de mucho frío, Elena encontró a Luna enferma y sola, con la temperatura elevada a consecuencia de una gripe muy intensa, así que la llevó al doctor. Ella le agradeció ese gesto de cariño y de preocupación; entonces le prometió reponerse pronto para apoyarla en su sueño de comunicarse con su amado Francesco y, además, la invitó a realizar un pequeño viaje a Venecia.

Elena al principio le dijo que no podía ir, porque sus hijos no estaban acostumbrados a quedarse solos. Ellos pusieron el grito en el cielo cuando se enteraron de que su madre los usaba de excusa. Florencia habló con Luna para contarle que estaba tratando de convencer a su madre para que se animara a viajar. Así, en el transcurso de varios días se pusieron de acuerdo. Elena se sentía rara, pues nunca había salido sin su Francesco.

Francesco, que la veía desde el cielo y muchas veces bajaba para acompañarla, se sintió muy feliz de saber que Elena saldría de su rutina y estaba en buena compañía.

Sin embargo, había algo que a Elena la tenía preocupada y no era un simple temor: estaba en juego su casa, que tenía hipotecada, pero como la entrada económica de Francesco se había perdido, ahora sólo quedaba esperar un milagro para no perderla.

Y ese milagro estaba en manos de Dios o de Francesco. Ahora estaban todos en manos de los santos, ángeles y arcángeles, porque la solución no dependía de ellos.

Mientras tanto, y en espera del día de su viaje, Elena no le encontraba sentido a sus días. Despertarse sin Francesco era una pesadilla y al irse a dormir no podía conciliar el sueño. Sólo los lunes se dormía entretenida repasando mentalmente la lista de lo que compraría en el mercado. Alguna visita de sus primas la distraía algunos domingos.

Sus hijos eran más independientes que nunca y frívolos; quizá no descuidaban a su madre, pero estaban algo alejados.

Esto le molestaba a Francesco que lo observaba todo desde el cielo.

En una tarde, Elena abrió el sobre con los datos del viaje que le había dado Luna y vio que llevaba impresa una foto de Venecia. Era increíble cómo jamás se le había ocurrido visitar esa ciudad. No entendía por qué Luna le hacía ese regalo, sin embargo, intuía que detrás de esto podía estar Francesco.

El viaje sería corto, pero muy provechoso, pues para Elena la charla de Luna era increíblemente interesante. Irían por tres días, los suficientes para que Elena se distrajera. Luna la había elegido como compañera porque sentía que ella debía salir de la rutina de su vida, y también podía ayudarla a olvidarse un poco de Francesco. En cambio, Elena pensaba que al tener cerca a Luna podría preguntarle cosas sobre su vida y la de sus hijos. Al saberlo, Luna fue muy clara y le explicó que ella también iría a descansar y a complacerse, y que no era bueno que estuviera preguntando sobre su futuro casi todo el tiempo.

Una tarde del mes de diciembre, fresca y soleada, se subieron al tren que las llevaría al merecido descanso. Durante el trayecto platicaron sobre la vida, la belleza de las pequeñas cosas y de todos los deseos de salir adelante que tenían ambas. Nadie podía imaginar qué se traían estas dos mujeres: Luna con poderes mágicos y Elena con una tristeza infinita en el alma.

Luna quería hacer ese viaje desde hacía mucho tiempo, pero no había encontrado el tiempo perfecto para hacerlo realidad. Ahora era el momento de descansar de las llamadas telefónicas y de las tristezas ajenas. Ahora era tiempo de trabajar en sí misma, desde compartir un atardecer, un psico-ritual o simplemente un silencio.

Llegó el momento de estar en la bella ciudad de Venecia, con sus canales, sus barcas pintadas de negro, las calles coloridas con los negocios adornados con cristales de Murano... El hotel, algo pequeño y antiguo, era cálido. Todo era mágico e increíblemente hermoso: las calles, la gente, la Plaza de San Marcos...

—Ay, si estuvieran aquí mi amado o mis hijos la felicidad sería perfecta —le dijo Elena a Luna—. ¿Por qué me trajiste a Venecia?

—Es el lugar que más amo de todos los que he conocido hasta ahora. No tengo idea de por qué, pero ¡aquí soy feliz!

Ahora sólo tenían que relajarse, apagar sus teléfonos, comprar cosillas y pasear en góndola. Al irse a dormir se percataron de que no habían dejado de hablar ni un segundo.

Las dos se despertaron muy temprano para aprovechar la mañana. El desayuno con pastaflora y café les había parecido riquísimo. Las dos se dispusieron a pasear por la Plaza de San Marcos y subirse al mirador, pero algo muy bonito les sucedió: se les acercó un señor con un menú de un restaurante llamado Francesco.

Luna lo tomó como una señal, pero Elena consideró que sólo era un menú más y que además, por estar en Italia, Francesco era un nombre muy común. Luna le explicó que estamos rodeados de señales, que no hace falta ser tan incrédulos porque para recibirlas tenemos que estar abiertos, y le dijo subiendo el tono de voz:

—Si sólo se tratara de un juego de asociaciones, si no existiera nada, ¿entonces qué perderías? Igualmente verías todo negativo. ¿Qué pasaría si el amor te envolviera igualmente de fe, de ilusión, de volver a creer que el verdadero Francesco está contigo? A lo mejor este viaje es para que le brindes un voto de confianza a Dios. ¿Por qué enojarte con él cuando se lleva a alguien que amas, si en realidad todos iremos al mismo lugar? ¿Por qué no echas raíces en la tierra?

–¿Pero yo estoy en la tierra?

–Sí, Elena, estás en la tierra, pero enterrada; estás por entre la tierra, no sobre ella. Tienes los pies tan metidos en la tierra que tus pasos no dejan huellas; tus pisadas pesan porque estás llena de tristeza y de amargura. No le eches toda la culpa a Francesco de tu frustración. La vida no se termina, por lo menos para ti; seguirá el tiempo que Dios decida. Camina más liviana, no temas tanto. En cuanto te des cuenta, la vida se terminará y al final no habrás disfrutado de nada.

–¡Pero claro que me siento frustrada! ¿Cómo crees que puedo sentirme si todas las noches sueño con ver a Francesco, pido alguna señal y no obtengo nada?

–Yo no sé qué hacer para que lo sueñes como a ti te gustaría —dijo Luna—. Te pido perdón por no darte alguna herramienta para que creas; no está en mis manos que te conectes como yo lo deseo.

Elena la abrazó para agradecerle toda su preocupación.

Entonces Luna le dijo:

–¿Ves? ¡Aquí tenemos la señal que necesitábamos para saber que Francesco está con nosotras! —y señaló el papel donde estaba el nombre de su amado. Pero Elena aún se mantenía incrédula a la lectura de las señales—. Las señales pueden ser pequeñas, pero son señales igualmente. ¿Por qué no quieres creer que es una señal? ¿Qué necesitas para creer que él nos ve y que está con nosotras? Dime qué necesitas, te pido que me lo digas —le exigió Luna muy seria.

Elena clavó la mirada en el piso y dijo:

–Necesito que él me vuelva a abrazar, necesito soñarlo, que

me diga que está bien. Sólo lo ha soñado mi hija una o dos veces, yo aún no he podido.

–¿Y qué le ha dicho a tu hija en sueños?

–¡Que todos nuestros problemas se van a solucionar!

–¿Y no crees que sea así?

–Pues sí creo, y tengo muestras claras que nos está ayudando; sin embargo, no me conformo.

–Entonces trabajemos esa parte en ti, la de no aceptar lo que te toca.

–¿Y por qué lo tengo que aceptar?

–Te diré, Elena: porque no te queda otra más que aceptarlo, porque así son las circunstancias que te han tocado vivir. Cuando te vayas al cielo te darás cuenta de que no disfrutaste de esta vida, que ésta es tan sólo un segundo en el tiempo del mundo y que al final todos volveremos a encontrarnos. ¿Por qué no piensas en disfrutar de tus hijos, de tus nietos, de la vida en sí misma? ¿Sabes?, en Japón hay un pez que se llama koi. Tiene la característica de que si lo metes a nadar en un copón, se queda pequeño y mide unos cuantos centímetros; pero si lo pasas a un espacio más grande, como un estanque, puede llegar a medir más de cuarenta centímetros, y si lo echas a un lago, medirá dos metros. Esta historia es como la de las personas que son capaces de quedarse como pequeños bonsáis en bosques espaciosos. Cuando te acostumbras a quedarte en un lugar de carencia, aunque entres al banquete de la vida, no podrás servirte las delicias que se te ofrecen. Hay que dejar paradigmas, romper creencias, animarse sin miedo, porque nadie se arrepiente de hacer de más. Todos nos arrepentimos de hacer de menos, no de equivocarnos por hacer.

"Así es la vida, así el mundo se adapta a nuestra visión, a todo lo que creemos que está disponible para nosotros. Si crees que lo único que hay para comer son plátanos, no vas a buscar naranjas, manzanas o uvas. Si nunca viste el mar, no puedes imaginarte las playas. Si no has vivido plenamente, ¿cómo sabes dónde está la felicidad más grande? Hay que recorrer caminos y cruzar puentes. A veces, también se vale morirse de miedo ante lo nuevo. Todo se vale, menos no hacer nada para mejorar.

–Tienes razón —dijo Elena—, disfrutaré al máximo de mi vida, sin miedos ni ataduras. Después de todo viví muchos años muriéndome de miedo sin tener una razón.

–Entonces, ven. Vamos a tomar una copa de vino. ¿Ves aquel restaurante que está al lado del canal? Ahí iremos a sentarnos y comeremos algo que te guste.

–¡Ven, Luna! —dijo Elena asombrada—. Quiero mostrarte este atardecer, es impresionantemente bello y quiero agradecerte por todo lo que me has ayudado. Así que este hermoso atardecer te lo dedico a ti y a mi Francesco.

En el mismo momento en que Elena se relajó, Luna se dejó fluir por los colores del cielo; Elena sintió el perfume de Francesco y la misma sensación de bienestar cuando él la abrazaba todas las mañanas al despertarse. Sólo que ahora ese abrazo lo sentía ahí, cerca de la Plaza de San Marcos. En ese mismo instante, Luna miró el cartel del restaurante que tenían enfrente, que no podía llamarse de otro modo que no fuera... Francesco.

Las dos mujeres vivieron uno de los días más bonitos de los últimos años. Cada cual en su juego de la vida, cada cual atendiendo su rol, su gusto por este transitar mágico de vivir.

Francesco había bajado unos segundos del cielo para abrazar a su querida Elena. No era la primera vez que lo hacía, pero sí la primera que ella se daba cuenta. Cuando una persona muere puede ir y venir del cielo muchas veces y estar en varias partes a la vez. Es difícil de entenderlo con la mente limitada que tenemos; sin embargo, el alma comprende perfectamente el movimiento de las diferentes dimensiones del universo.

Luna le preguntó a Elena:

–¿Me acompañas a hacer un ritual?

–¿Cómo es eso?

–Voy a ir al Puente de los Suspiros y ahí tiraré esta flor. Es una rosa seca que mi madre me regaló el día que me casé. Ella no fue buena conmigo, me maltrataba de una forma sigilosa y pasiva.

–No te entiendo.

–No me dejaba hacer nada de lo que yo quería. Siempre me decía qué hacer y qué no hacer, porque según ella todo era por mi bien. Luego, cada vez que yo era feliz se enfermaba. Ella eligió a mi marido, yo sólo tenía diecisiete años cuando me casé. Entonces seguí siendo la misma jovencita maltratada, dolida, sufrida, inocente, crédula y tonta.

–Pero, Luna, tú eres una mujer muy sabia, ¿cómo pudiste llegar a tal iluminación con esa historia de vida?

–Cuando veas a alguien sabio, pregúntate qué es lo que ha sufrido. Se es sabio por naturaleza o se aprende con unos buenos palos en la cabeza dados por la vida, y éste es mi caso. Mi sufrimiento fue el que me acercó a los ángeles, a la fuerza del espíritu, y cuando pude entrar en él salí del dolor. Sólo con la fuerza del corazón se puede cambiar una historia de vida. El papá de mis hijos siempre me decía que era una italiana bruta, se daba el lujo de lastimarnos a mí y a mis hijos llenándonos la cabeza de tonterías. Pero ¿sabes?, yo ya no le presto atención a nada, porque las críticas son como las cartas: si no las recibes regresan al lugar de origen y siempre a la persona que las envía.

–¿Y por qué vas a tirar la rosa?

–Porque creo en las energías y no es conveniente guardar algo que me trae sufrimiento. Mi madre se casó en esta iglesia —Luna señaló una iglesia enorme y antigua que estaba al otro lado del canal—. Y en ese canal voy a tirar esta rosa seca. No sabía que la guardaba hasta que hace unos días saqué una maleta para el viaje y la encontré. Ya no quiero nada que me traiga tristeza, por eso decidí soltarla, como símbolo de un nuevo perdón hacia mi madre y hacia mí.

Elena escuchó muy atenta el relato de Luna y sólo la interrumpió para decirle:

–Luna, yo también quiero perdonar a mi madre. Ella siempre eligió a mi hermana menor y a mí me abandonó, aunque siguió a mi lado. No fue un abandono de presencia, sino de no verme. Yo fui una hija invisible para mis padres.

Luna sacó un papel de su abrigo de paño y le dijo:

–Piensa en tu madre. Imagínala. Siente que estás en una nube de esas que ves en el cielo. Y repite conmigo esto que te voy a decir:

Querida madre, perdóname por hacerte parte de mis malos recuerdos. Lamento no poder ni saber distinguir que eres un ser sublime en esta vida para mí y que tú amorosamente me has traído al teatro de la vida, impulsándome a actuar como podía, con mi ignorancia y la tuya.

Perdóname por hablarte de la manera en que tú me enseñaste a hacerlo, por desconocer y olvidarme que juntas tuvimos un pacto, el de seguir en este camino de la vida.

Perdóname por herir tus sentimientos a partir de mis falsas interpretaciones que hice totalmente mías y ciertas.

Perdóname por creer todo el tiempo que mis conflictos se trataban de ti, cuando también eran parte de mí.

Perdóname por nuestra historia, buena o mala, que construimos y destruimos, y que transitamos como pudimos.

Perdóname por pretender cambiarte, esperarte, proponerte y creerte diferente a lo que eres.

Perdóname porque no me es fácil entenderte ni quererte como tú hubieras querido.

A veces, a través de lo que eres, veo a mi niña lastimada, y con las heridas en el alma te he pedido a gritos que me mires y me cures.

Perdóname por no entender que a veces tu frialdad es sólo dolor e ignorancia.

Perdóname por no haberme parecido a ti, en lo que tú querías que yo me pareciera.

Perdóname por irme de tu vida cuando esperabas que me quedara.

Perdóname por no honrarte como te lo merecías, y también por honrarte en lo que a mí me hacía daño.

Te he amado lo suficiente, como pude, como me enseñaste.

No me justifico ni te justifico. Te entiendo y te comprendo, por eso mismo me perdono.

Me perdono por no ser completamente libre de saberlo todo. Simplemente yo no tengo manera de saberlo y de entenderme de todo.

He sido tan inocente y crédula como tú.

Sé que tuve la capacidad de herirte, lastimarte, abandonarte y a veces de gritarte. Por eso mismo yo también me perdono, porque no supe quererte como a ti te hubiera gustado que te quisiera.

Fue mi inocencia la que me mantuvo unida a la parte que no me gustaba de mí o de ti.

Hoy lo comprendo todo y, en ese todo, lo perdono todo.

Porque yo te elegí antes de nacer y no te pedí permiso para hacerlo.

Te perdono porque tú no me pediste permiso para criarme del modo en que lo hiciste.

Perdono tu ignorancia y la mía, porque de este desconocimiento estuvo hecho nuestro camino.

Me perdono por unir mi camino al tuyo y a la vez continuar esperando a que todo cambiara.

Hoy aprendí que nadie cambia cuando no lo desea.

Hoy aprendí que no es cuestión de culparte ni de culparme, porque hasta en la culpa hay ignorancia.

Hoy te digo: madre mía.

Tus diferencias me invitaron a encontrar mis sombras y en ellas distinguir la luz que hay en mí y hay en ti.

Te doy las gracias por ser parte de un amor inconsciente de apegos y miedos, igual que los míos. Hoy me doy cuenta de que no somos tan distintas y, sin embargo, ¡somos tan diferentes!

Como opuestos complementarios llevamos este camino hasta donde hemos podido.

Gracias por compartir, por competir, por sentir y resentir.

Por callar, por hablar de más, por dejarme, por atarme y por tantas cosas contradictorias en mi sentir.

Hoy sé que estás segura de que hiciste lo mejor, así como lo he hecho yo.

Te doy las gracias por darme la vida y con eso has

hecho todo. El resto —lo que diste, lo que no diste— es parte del pasado.

Hoy decido vivir con una madre imaginaria, la que me ilusioné tener algún día.

Hoy doy las gracias a la madre que tengo en mi ser interno, por ser parte de mi vida y por darme la fortaleza de continuar de la mejor manera posible.

Madre, querida madre, que estos lazos de sangre que me unen a ti sean bendecidos por la mano de Dios y por las raíces de este mundo.

Gracias madre, gracias, porque coincidimos. Aquí me quedo unida al mundo, como pasajera que lleva en alto tu nombre, tu vida y tus experiencias.

Gracias, madre mía, gracias por darme la vida.

Elena sintió escalofríos y con mucha emoción abrazó a su amiga y le dio un "gracias" desde el corazón. Pero para Luna eso no era todo; le pidió que terminara con esta oración:

–Ahora, Elena, repite la palabras sanadoras del Ho'oponopono:

Lo siento por las memorias de dolor que comparto contigo, te pido perdón por unir mi camino al tuyo para sanar. Te doy las gracias porque estás aquí para mí y te amo por ser quien eres. También te amo porque estás en mis recuerdos y porque es el momento de hacerlo, nunca antes lo fue. Estas palabras surgen, nacen, brotan y florecen en mi ser cuando el tiempo de mi mente es perfecto, el amor me busca ahora y me reencuentra contigo, yo elijo estar en paz contigo, yo soy esa paz en ti y en mí. Yo soy paz. Yo honro mi vida y la tuya tal como fue, tal como es. Yo hago una reverencia ante tu ser de luz que es quien yo soy.

Que así sea.

Luna guardó su papel y con un pañuelo que tenía en el otro bolsillo de su abrigo le secó las lágrimas a la dulce Elena que, emocionada, comentó que el ritual le había quitado un peso de encima.

Luna tiró la rosa y dijo:

–Aquí suelto todo el dolor que no es mío, el que no me pertenece, el que se quiere apoderar de mí. Aquí suelto todo el miedo a ser feliz.

Por cada miedo que nombró deshojó los pétalos de la rosa seca y marchita, con la misma fe con la que hacía todo lo que le gustaba. Los pétalos representaban su tristeza del pasado. Así Luna también sintió cómo se le había quitado un peso de encima.

A Elena le encantó el ritual y le pidió a Luna que la ayudara con su futuro, con sus ilusiones, a tener confianza en ella y a perdonarse por exigirse demasiado, por no divertirse con la vida, por no ser capaz de apreciar el presente, por quejarse del pasado y temerle al futuro.

Entonces Luna le sugirió que le escribiera una carta a Francesco, y la entregara en algún lugar que hubiera sido significativo para él. Elena pensó en la iglesia donde se casaron. Como aún faltaban dos días para su regreso, pensaría qué le escribiría.

Mi querido Francesco:

Lamento haber pensado mal de ti cuando querías defenderte de las fechorías que te hacía tu hermano. Creo que fui injusta contigo, porque nunca te dejé defenderte. Uno siempre se siente culpable: por hacer, por no hacer, por haber dicho, por haber callado… Hoy entiendo que la culpa es como vivir estresado, es una actitud y también una elección. Hoy elijo ser feliz, porque yo sigo en la vida y tú también sigues en tus dos hermosos hijos. Me quedaré en este mundo hasta que Dios diga. Esperanzada en los nietos que tendremos. Esperanzada en sacar adelante la economía, la salud y todo lo bueno que nos toque vivir. Sé mi ángel y cuídanos. Tú, que ya no estás aquí, dame la posibilidad de saber muchas veces que estás bien, que nos visitas, que nos sigues amando. Déjame elegirte en la próxima vida. Ahora sí te espero más positivo y alegre. Estemos conectados con este gran amor, mi querido Francesco.

Mientras la escribía sintió escalofríos y la puerta de la habitación del hotel se azotó con fuerza, pero no había viento ni una sola rendija por donde entrara el aire.

Rompió la carta, pues la verdad no se le ocurría absolutamente nada interesante. Tenía mucho enojo por lo que estaba viviendo. Pensó bien qué hacer y al día siguiente le pidió perdón a Luna por no haber podido escribir las palabras más bellas.

–Si no sientes qué hacer no hagas nada.

–Pero ¿cómo logro que él sepa lo que siento?

–Elena querida, permíteme decirte que no estás energéticamente en orden; tienes desórdenes en los sentimientos, en las emociones y en los pensamientos. Relájate. Hoy iremos a pasear en una góndola que conseguí a cambio de tirarle el tarot al dueño de la barca.

Al regreso del viaje, Luna tenía muchos pacientes que atender y Elena mucho que resolver y cambiar.

Como tan sólo había pasado una semana del ritual que había hecho para su madre, supo qué hacer para despedirse de Francesco. No despedirlo de su vida, sino del dolor y del sufrimiento que le había producido su ausencia.

Volvió a escribir una carta y la quemó con una vela blanca y morada. En ese mismo momento sintió que había soltado el dolor.

Así fue como pudo pasar el tiempo, resolver sus dudas y sus temores de estar sola.

Florencia, su hija, se convirtió en una gran veterinaria y Elena hacía de su asistente, sólo que a veces le pedía permiso para faltar al trabajo, pues amaba visitar a sus nietos gemelos, hijos de Cristian.

Francesco estaba en el corazón de todos. Él siempre los acompañaba en los momentos que más lo necesitaban y también en los que se divertían.

Elena murió ya grande y aprendió a disfrutar de la vida en sus últimos veinte años. Vivió deseando encontrarse con su amado Francesco en el cielo.

VIII

La imaginación de Dios supera la de toda la humanidad

...y las vueltas de la vida son tantas que nunca se sabe si el final es el final o es el principio de algo bueno e importante.

El maestro que llevaba los libros sagrados volvió a tropezarse con su túnica, la que le había quedado larga a pesar de los remiendos que había realizado la costurera del cielo; entonces la levantó de nuevo para no caerse y en ese mismo instante soltó el libro de Camila.

Ella, en su primera vida en el cielo, había sido Rosario, un espíritu alegre y extrovertido que ahora regresaba en el espíritu de Camila. Era una muchacha inteligente, trabajadora, impulsiva y muy tenaz en lo que quería lograr.

Se había casado muy joven, estudió medicina y tuvo dos hijas a las que amó profundamente. Su matrimonio había sido un total fracaso; su marido era controlador y muy introvertido. Sus caracteres y temperamentos chocaban todo el tiempo.

Camila tenía un problema, del cual no era consciente: era una mujer dependiente emocional con una tremenda herida de abandono, producto de la crianza de su niñez. Fue una hija no deseada y su padre, además, no esperaba que fuera mujer. Nació casi ahogada por el cordón umbilical y su madre estuvo al borde de la muerte en el momento del parto. Claro que los bebés, por suerte, no se acuerdan nada de ese momento tan significativo, pero su madre le contó incontables veces que por darle vida estuvo a punto de morirse. Y eso le provocaba mucha culpa a Camila.

El padre quería que fuera varón y había decidido llamarlo Carlos, pero al ver que había sido una niña y como ya tenía bordadas algunas sábanas con la inicial, buscó un nombre que empezara con la C y le puso Camila. Él se reía cuando la llamaba, porque Camila era el nombre de su primera mascota, una perra de la calle que quiso profundamente. Pero ¿a quién se le ocurre ponerle el nombre de su perro a su hijo? Sólo al padre de Camila.

Su madre era una mujer dependiente emocional, sumisa y resentida con su marido. A pesar de ello, ejercía una tiranía basada en una fuerte manipulación y una violencia pasiva. No lo reconocía porque estaba asumida en su *minimaxi*, que es la forma que tiene cada persona de obviar su realidad, porque teme verla y despertar.

La mayoría de las veces duele despertar.

Camila era la hija de en medio y nadie la vio durante su infancia, fue una niña invisible. Los ojos de los padres estaban puestos en todos sus hermanos, menos en ella. De eso no se dio cuenta hasta que fue adulta y le pasaron muchas cosas indeseables.

Cuando cumplió diecisiete años sus padres la mandaron a estudiar en el extranjero, Camila en ese momento fue muy feliz. Al regresar, después de tres años, se sintió como un bicho raro, pues no encontraba su lugar en el mundo, no era de aquí ni de allá: una extranjera en el país en el que había estudiado y una gran extraña en su propia nación.

Y mientras pasaban los meses se iba preguntando a qué se debía ese sentimiento de lejanía que la invadía. Una amiga le explicó que quien vive en otro país y sobrevive a las diferencias culturales entonces se convierte en un pasajero del mundo. Ese comentario la tranquilizó.

Entonces se quedó con gusto a echar raíces en su país. Siguió la misión heredada de su abuelo y se metió a estudiar medicina. Luego se enamoró de un médico y se casó. Los primeros años transcurrieron con facilidad, porque Camila no se daba cuenta de nada, no veía los obstáculos ni tampoco los abusos que vivía cotidianamente.

Estos abusos eran totalmente injustos, como todos los abusos; sin embargo, había heredado la fuerza de su madre y tenía espaldas para aguantar lo inaguantable. Cuando estaba triste o enojada cantaba la misma canción que entonaba su madre cuando sentía rencor contra su padre. Parecía que Camila se la hubiera grabado en la piel.

> Te has convertido en la punta
> que clava mis sentimientos
> te has convertido en la sombra
> más triste de mis lamentos.
>
> [Roberto Carlos, "Desahogo"]

Siempre que llegaba la tarde, mientras cocinaba, Camila la cantaba sin darse cuenta.

Un día encontró un mensaje en el teléfono de su marido lleno de muñequitos, ositos y boquitas pintadas. Enseguida sintió que algo no estaba bien y leyó los demás mensajes; éstos la despertaron como si le hubiesen echado un balde de agua fría. Luego vino lo predecible: las peleas, la negación de él y la incertidumbre de saber quién era la otra y dónde la había conocido. Camila nunca entendió por qué su esposo le había jurado que no había sido infiel, pero se separó como si no la quisiera. En realidad, el alma de su pareja sabía que no era el gran amor de ella, las almas todo lo saben. Y saben si se conectan desde el corazón.

Camila se divorció del papá de sus hijas en contra de los deseos de su propia familia. Pero como el tiempo todo lo acomoda, ella supo esperar a que sus seres más cercanos aceptaran que era una persona adulta y que, equivocada o no, estaba siendo congruente con su ser.

Sus niñas eran pequeñas y no tenían mucha idea de lo que sus padres sufrían. Camila trató de criarlas de la mejor manera posible. Sin una figura paterna que sirviera de referente, recurrió a la imagen de Jesús, ese gran ser espiritual. Fue una decisión acertada.

Una vez separada se dedicó de lleno a saber más sobre su profesión. En el hospital donde trabajaba conoció a un joven llamado Damián y se hizo amiga de él. Este chico le mostraría que los milagros existen, pues se sanó para siempre de una enfermedad mal llamada "incurable". Ella, que había incursionado en la medicina alternativa y había visto resultados maravillosos, cambió su vida.

Años más tarde conoció a un gran hombre del que se enamoró profundamente. Se llamaba Agustín, que no era otro que la reencarnación del espíritu de Francesco. Fue un encuentro casual en un aeropuerto; en cuanto cruzó unas palabras con él, se dio cuenta de que era su alma gemela.

Era un hombre que tenía una gran sabiduría acerca de la

metafísica y la espiritualidad, pues cuando estuvo en el cielo los maestros no lo dejaron pasar por la ley del olvido. Él creció y se desarrolló en una especie de nube cósmica, donde sólo existían su mundo y sus pensamientos. A diferencia de Camila, que estaba enfocada en su familia, a él sólo le preocupaba una sola cosa: encontrar su misión, y en un ashram de la India halló a su guía espiritual.

Por azares de la vida, entre encuentros y desencuentros previos, se vieron de nuevo en el ashram y vivieron una experiencia espiritual. Se dieron otra oportunidad, pero por un mal entendido se separaron.

A partir de entonces, cada uno emprendería su camino, tal como el destino lo había marcado: Francesco se quedaría en el ashram con su Maestro, dando lecciones de vida y ayudando a quien se lo pidiera, y ella terminaría de criar a sus hijas, encontraría otra pareja y esperaría lo que la vida dispusiera para ella. Sus hijas crecieron y cuando fueron adultas le dieron cuatro bellos nietos.

Una tarde de verano, Camila se fue en bicicleta hasta un bosque frondoso de verdes brillantes, un lugar muy bello cerca de su casa de fin de semana. Antes pasó por un puesto parecido a un viejo almacén y compró panes calientes y un café. Llegó al bosque, buscó el árbol más frondoso y se recostó sobre su tronco.

Le encantaba aspirar el olor de los eucaliptos que se mezclaba con el de otras especies de árboles. Le gustaba también el sonido que producían las hojas al moverse por el viento. Esto la arrullaba. Fantaseó con una vida futura diferente a la que tenía; se imaginó a Francesco —al que ella conocía como Agustín—, y se vio en el bosque con él, recostados en el verde césped y compartiendo besos y abrazos. Imaginó una tarde en su casa: él encendía la chimenea mientras ella servía el vino, cortaba un queso francés y colocaba a su alrededor uvas verdes.

¡Soñó despierta! Voló por unos minutos fuera del planeta, porque a veces es necesario irse un poco de la tierra para resistir la realidad. Algunas personas, en ocasiones, deben recurrir a un recuerdo para retomar fuerzas, y otras necesitan atarse a una ilusión para remontar el vuelo como un cometa.

Recordó que sus encuentros con Francesco habían sido pocos: lo vio por primera vez en el aeropuerto y cuando llegaron al ashram para conocer al Maestro.

Tenía poca memoria para el dolor, por lo que hizo un enorme esfuerzo para rememorar el duro desencuentro que tuvo con él en el ashram, y se arrepintió de su actuación impulsiva que la llevó a enojarse con él, sin permitirle que le diera explicaciones. No se había disgustado con él por un día o dos, ¡lo había hecho para toda su vida! Se dio cuenta de cómo el orgullo pierde amores, amistades y tesoros.

"No está bien que se pierda un gran afecto por malos entendidos. No es bueno que nos engañemos a nosotros mismos buscando respuestas equivocadas", pensó. "¿Dónde estará? —se preguntó—. ¿Continuará en la India con su maestro?"

Mientras pensaba y soñaba se le ocurrió una gran idea: iría a uno de los centros de seguidores del Maestro y preguntaría quién es la persona que lo apoya en la India, seguramente así sería fácil encontrarlo. Si tenía la certeza de que seguía en el mismo lugar donde se dejaron de ver, se animaría a ir y decirle que estaba dispuesta a estar con él toda una vida, a pesar de que dejaría a sus niñas, que ya no lo eran tanto, por unos cuantos días. Quería aclarar los malos entendidos y terminar de cerrar esta historia.

Porque las historias de amor, las buenas o las malas, se tienen que cerrar. Así decía su abuela. Se acordó de ella y de que vivía cerca del bosque. La abuela tenía cerca de 73 años; era una mujer de mucho carácter y siempre repetía la misma frase, como si se tratara de un mantra: "Las mujeres de la familia no tenemos suerte, todos los hombres que elegimos son unos inútiles".

La llamó desde su teléfono celular y le preguntó si se animaba a ir al bosque para encontrarse. La abuela rápidamente se quitó el delantal, tomó unos panes dulces que acababa de hornear y fue feliz a verla. Sabía muy bien de los gustos de su nieta e intuía dónde le gustaba sentarse. La encontró enseguida y a la nieta se le iluminó la cara cuando la vio. Se abrazaron y Camila la ayudó a sentarse. Ella, entre risas, dijo:

–Sentarme no está difícil, pero cuando me quiera poner de pie tendrás que llamar a una grúa... —y las dos se carcajearon.

Camila le platicó que había pensado en buscar a Francesco, para cerrar ese capítulo de su vida, y le pedía que convenciera a su madre de que la apoyara con sus niñas, mientras realizaba el viaje a la India, donde se encontraba él.

Pero la abuela se acordó de un detalle:

–¿Tu nueva pareja sabe de la historia de Francesco?

–Sí —le contestó—. Le he contado todo.

–¿Crees que no se enojará si vas con él?

–Pues le mentiré. Le diré que iré a un congreso de terapias alternativas o a un retiro espiritual.

–Las mentiras, hija, tienen patas cortas y no estarás en paz si mientes. Y si le dices la verdad también se enojará. ¿Y si no vas? Puedes cerrar esta historia con una carta. Yo te puedo ayudar a escribirla.

–¡No, abuela, eso no! ¡Quiero verlo, en mi corazón lo sigo amando!

–¿Cómo puedes amar a alguien que viste muy pocas veces, que ni siquiera te dio la posibilidad de vivir un idilio o transitar un romance? Él tiene un romance con la espiritualidad y quien está enamorado del universo no se enamora locamente de las personas, porque la energía del amor no puede estar en varios lados. Por eso muchos maestros no se apegan a amores terrenales, sino que aman al mundo entero.

–Pero abuela, la vida se vive una sola vez y yo tengo esto en la cabeza. No me vas a hacer cambiar de idea. ¡Voy a ir!

La abuela la miró y le volvió a decir:

–Hija, los hombres no son buenos para la vida de las mujeres independientes, les causamos envidia. Todas nuestras antepasadas han sido menospreciadas por ellos. Tú eres la oveja negra que se rebela y dice: "Yo no me quedo a lavar platos, yo estudio y me supero". Pero estás igual como estábamos nosotras: inconforme con tus parejas, poco enamorada de ellas y pensando en alguien que eligió estar en otro lugar, muy lejos de ti. Yo lo meditaría muy bien antes de ir, porque no creo que te deje muy contenta hacer semejante viaje, atravesar casi la mitad del mundo para verlo y que el señor esté ocupado con su Maestro y no sea capaz de mirarte.

–No importa, porque si éste es el final lo puedo soportar. No me hace bien esta historia inconclusa —dijo Camila.

Así dieron por terminada la conversación. Con gran esfuerzo y la ayuda de su nieta, la abuela se pudo levantar.

Cuando iban de camino a la casa de la abuela, se encontraron a la mamá de Camila, que puso el grito en el cielo cuando se enteró de las ideas de su hija. La abuela la terminó convenciendo de que cuidara a sus nietas por diez días. La mujer, de mala gana y presionada, aceptó. La hicieron jurar que no le diría nada a sus nietas del propósito del viaje y menos a la pareja de Camila.

Camila esperó días para contarle el plan a su pareja. Todas las mañanas se decía: "Hoy le digo", pero nunca lo lograba. Hasta que una tarde en que discutieron por una tontería, ella tomó valor y le comentó que iba a hacer un viaje, lo que les daría la oportunidad de tomar el aire que tanta falta les hacía.

Pero él, como buen controlador, como todas las parejas con las que se encontraba Camila —igualitas a su madre—, la convenció de acompañarla. Además, si ella no aceptaba ir con él, no le pagaría el viaje; y la economía de ella no daba para pagarse un viaje a la India. Cómo decirle que no, si Camila no se animaba a enfrentarse con nada ni con nadie. Pensó que, a lo mejor, con sólo ver a Francesco podía cerrar ese capítulo. Su pareja sabía a qué iba y podía impedir cualquier encuentro.

Camila sabía que Francesco no sería capaz de retenerla, porque su amor era el servicio por la humanidad. Ella, en el silencio de su alma, tenía que elegir entre verlo o no. De muy mala gana, prefirió ir; arreglaron los detalles y partieron a la India.

Camila estaba ansiosa por encontrar a Francesco, y su pareja también. Deseaba que ella se desilusionara y acabara de una vez por todas con esa historia ridícula y molesta.

No lo vieron hasta el tercer día en el que había una meditación abierta para todo el público. Francesco la saludó con un abrazo eterno, hermoso y amoroso. No había visto a su pareja, pero cuando se lo presentó, tanto Camila como él se sintieron avergonzados.

Ella pensó que todo lo que estaba viviendo era un sueño. Aunque el hecho de tener a su esposo cerca le hacía pensar que quizás en vez de un sueño podría tratarse de una pesadilla. El señor se sintió orgulloso de estar presente en ese momento, marcándole de alguna manera el territorio a Francesco.

Pasaron dos días más y la pareja de Camila le dijo:

–Éste no es tu lugar por más que en tu imaginación quieras quedarte con él.

Ella se quedó callada.

Francesco pensaba igual: "Este lugar, si lo compartiera con Camila, no podría ser el mismo para mí. No puedo repartirme entre dos amores. Menos mal que Camila tiene pareja".

Todos opinaban qué era lo mejor para la tierna Cami, pero ella ¿qué sentía?

Ella sentía que ningún lugar en el mundo le correspondía, que en ningún lugar podía encontrar la paz; la invadía la misma sensación cuando estudiaba en el extranjero. Su alma estaba inquieta con sólo saber que estaba cerca de Francesco.

La mañana previa a la partida, su pareja decidió salir de compras. Ella se dirigió al árbol de la vida para colgar su último deseo: tener paz. Cuando colgaba su sobre, una mano la ayudó; al darse la vuelta vio que se trataba de su adorado Francesco. Los dos se miraron, se sintieron y no pudieron más que fundirse en un beso interminable, sin importarle a ambos que alguien los viera. Quizás un beso de despedida de cierre de ciclo para los dos. Un beso eterno para Camila, ilusionada con que algo podría cambiar. Pero los dos, en el fondo de su alma, sabían que éste era el último beso de sus vidas.

Él sabía que estaba cometiendo un gran error, algo incorrecto, pues Camila tenía esposo y no debía besarse en pleno ashram. Pero el amor tiene muy pocas razones y el corazón muchas emociones que no sabe cómo manejar. Entonces le escribió en un papel: "Eres algo inexplicable para mi razón, totalmente fuerte para mis sentimientos, movilizador para mi corazón.

Éste no fue nuestro tiempo, algún día, en algún lugar, en algún momento lo será. Tendremos que buscarnos en el futuro y prométeme no irte de esta vida sin decirme a dónde vas. Te amo".

Y le dijo:

—Guarda este papel de recuerdo, porque siempre estaré contigo desde un lugar de mi corazón.

Camila le hizo una reverencia a manera de gratitud y, bañada en lágrimas, se despidió de él.

Cuando su esposo regresó repleto de regalos para la familia, ella no paraba de llorar. Cuando le preguntó qué le pasaba, ella ponía excusas: que el lugar no le gustaba, que extrañaba a sus hijas, que no sabía lo que quería de su trabajo. Pero no decía la verdad, aunque las parejas conocen la verdad del corazón. Porque donde se siente y está el amor, las palabras sobran. Porque a buen entendedor, pocas palabras bastan.

Así fue que Camila se quedó totalmente en paz después de ese viaje inolvidable. Con el tiempo puso todas sus energías en salir adelante y tuvo la mejor disposición de recuperar su pareja desde el lugar más íntimo de su mente y de su corazón. Sólo quedaba esperar que algún día, después de haber disfrutado al máximo la vida, la muerte llegara para irse al cielo y poder unirse a ese amor imposible.

Camila nunca olvidó a Francesco. Siempre recordaba sus ojos, esa mirada que no había visto en ningún ser humano. Así son los encuentros de las almas gemelas: sólo se reconocen en el destello de los ojos, ese que nada más el alma y el corazón saben que Dios ha creado.

Francesco se acordaba de Camila muy de vez en cuando, sobre todo cuando se sentía solo. Pero la añoranza le duraba poco tiempo, porque al tener el honor de servir al Maestro tenía que dejar de lado cualquier apego.

En cambio, Camila se dio cuenta de que no lo podía olvidar; él estaba presente en cada canción que escuchaba, en cada mensaje de amor que leía. Sabía que no podía retroceder el tiempo, que el "hubiera" no lo cambiaba ni Dios, pero a veces imaginaba esa posibilidad.

Ella vivió muchos años y hasta bisnietos llegó a tener. A pesar de que la vida le regaló muchos momentos de amor y felicidad, en su último suspiro, exhalado en la cama del hospital, pensó que por fin se encontraría con Francesco, el amor de su vida.

Sin embargo, ya en el cielo, en lugar de conversar sensatamente como lo hacen los espíritus, ella le reclamaba a Francesco y se enojaba con él. Sentía celos de Elena. Incluso le pidió una separación de almas, un divorcio espiritual.

En el cielo todos se encuentran como si fueran grandes amigos, esos amigos que no se pierden aunque pase el tiempo y no se vean. En el cielo las almas se reconocen, se sienten, se animan y se divierten.

Nadie sabe bien dónde irán a nacer de nuevo, pero saben que las buenas acciones se recompensan. Sólo hay que saber respetar los tiempos, porque ésos son sólo de Dios y todo lo demás es cuestión de dejarse guiar. Nada más ni nada menos que ir en la palma de la mano de Dios, para dejarse llevar por el espíritu del amor, porque así es en la tierra como en cielo: el amor siempre manda.

IX

La misión de Francesco

Las misiones nunca dejan de ser un mandato divino. Se pue-
den terminar y cambiar. Pueden no aparecer en su momen-
to, pues no siempre hay que cumplirlas en esta vida. Porque
así como es abajo es arriba. La misión en la vida de las per-
sonas siempre aparecerá en el momento justo en que se deba
manifestar.

Francesco recibió el aviso de que tenía que regresar por unos
días a la tierra, su misión era la de ayudar a la gente. Se dispuso
a bajar por las nubes de colores, disfrutando del cielo inmenso y esplendoroso. Se dejó mecer por el viento mientras cruza-
ba los mares del mundo, atravesó algunas cordilleras y admiró
las luces de varias ciudades, hasta que bajó en el preciso lugar
que le habían señalado los maestros celestiales. Era una casa
pintada de blanco, con el número cincuenta y uno, en un barrio que no podía distinguir bien. Lo que sí sabía era que ése
era el lugar correcto. Francesco no estaba muy seguro de qué
manera iba a ayudar a los habitantes de esa casa. Tampoco sabía si tenía que golpear la puerta para presentarse o esperar a
que saliera alguna de las personas que vivían allí. Estaba algo
desorientado, pero nada podía ser más hermoso que la tarea de
ayudar, no importaba si era en el cielo o en la tierra.

Al bajar, Francesco debía tomar la forma de un cuerpo
humano y se convirtió en un muchacho de tez oscura y pelo

rizado, con el aspecto de un habitante de Brasil, que se completaba con su vestimenta informal y colorida.

Se sentó en un pilar, sacó de su pantalón una foto de la señora a la que ayudaría y también un pañuelo para secarse las gotas de sudor que había en su rostro, pues hacía calor y el cuerpo resentía las altas temperaturas. "No me gusta el calor", se dijo. Recordó lo que alguna vez había leído sobre Buda: estar en la vida es sufrimiento. Y pensó: "No existe el buen karma, pues al nacer ya se tiene frío y calor, enfermedad, preocupaciones. Las personas sienten pena cuando alguien se muere, pero la muerte no tiene sufrimiento, Dios existe y la certeza sólo la tenemos cuando se llega al cielo".

Entre sus ropas también traía un billete de lotería. Entonces entendió lo que tenía que hacer. En ese momento, la señora a la que esperaba salió de su casa y él le ofreció el billete de lotería, pero ella no pareció interesada. Francesco persistió, pero en cuanto más insistía la señora más desconfiaba. Decidió renunciar, a pesar de que ella iba a perder la única oportunidad de su vida: ganar la lotería.

Así le pasó con otras personas más.

Quien no quiere ser ayudado ni el poder de Dios lo podrá convencer. Se fracasa cuando es lo que se desea inconscientemente. El fracaso es tan trabajoso como el éxito, sólo que para ambos resultados hay que estar preparado.

"Y así es la vida —suspiró el tierno de Francesco—: es como tirar una moneda y elegir perder o ganar, así es este juego."

Caminó por las calles observando los rostros, las actitudes, los ceños fruncidos y las cargas emocionales de las personas. Pensaba: "Hay que tener mucha fuerza para aguantar los sinsabores de la vida, pero éstos no son tantos como se creen. Los buenos momentos también aparecen, sólo hay que estar atentos a disfrutarlos porque a veces son pequeños, pero siempre dan grandes satisfacciones. Sólo se vive una vez y no se debe desperdiciar un momento. Todo se puede, absolutamente todo, porque siempre se cumple lo que se tiene en la cabeza".

Y Francesco se dirigió al metro de la ciudad. Allí vio a la gente amontonada, apretada, muerta de calor, sufriendo para llegar a su destino. En cada estación subían vendedores que molestaban a los pasajeros insistiéndoles que compraran su mercancía. También se subió un señor que traía un acordeón colgado de su cuello. Un niño lo acompañaba, parecía ser su hijo. Los dos se pusieron a cantar "La vida en rosa". Cuando terminaron, Francesco aplaudió con entusiasmo y las personas lo miraban como pensando que se trataba de otro loco más. Sacó unas monedas y se las dio al niño. En ese momento todos los vendedores fueron hacia él, y Francesco se dispuso a darles todo el dinero que traía en los bolsillos.

El tren se detuvo por una falla técnica y tuvieron que bajarse; la gente lo hizo deprisa, con empujones, sin importarles si pisaban a los demás. Una vez en la calle y después de caminar unas cuantas cuadras, Francesco se dispuso a entrar a una escuela, pero el guardia que cuidaba el portón se lo impidió. Entonces se hizo invisible; decidió ver la clase de física. Pudo reconocer el hastío de los alumnos y el del maestro: los alumnos jugaban a escondidas con sus celulares y rogaban que la clase terminara pronto; mientras que el maestro pensaba que su carrera estaba terminada. Pasó a los demás salones de clases y en todos reinaba el mismo clima de apatía.

Sintió pena por los alumnos, y pensó cuán atrasadas estaban las escuelas en estos momentos tan modernos. A nadie le interesaba la calidad humana, la convivencia de los maestros con los alumnos. El director de la escuela sólo quería cobrar las cuotas sin importarle la calidad de la enseñanza. Recorrió varias escuelas, algunas privadas y otras públicas, y en todas observó lo mismo. Sólo en un salón donde se impartía la clase de música pudo sentir la alegría y entusiasmo de los alumnos y el profesor. Se dio cuenta de que la única manera de enseñar es cuando el alumno está preparado para recibir la justa sabiduría.

Luego entró a un teatro y se admiró por las luces y los decorados. Amó la obra y la aplaudió de pie contagiando al público. Fue a comprar flores y se las regaló a una señora que también salía del teatro con su hija. Al principio ellas no las querían aceptar, quizá como resultado de la inseguridad que da recibir el regalo de un desconocido.

Cuando Francesco se quedó solo pensó en la tristeza y la incertidumbre con las que se vive en la tierra y dijo en voz alta: "Hasta las flores me costó trabajo entregar". Luego entendió que este mundo era algo cruel. Con esa desazón fue al cine y vio una película muy bonita. Recordó su vida cuando estaba vivo.

Francesco pidió permiso al cielo para visitar a sus bisnietos y se lo concedieron. Le costó trabajo ubicar la dirección, pero al final dio con ellos. Francesco había tenido tres bisnietos: Florencia, de veinticuatro años; se llamaba como su hija. Tomás de catorce y Joaquín de once añitos.

Caminó por las habitaciones de la casa hasta que decidió quedarse al lado de Tomás, que se mostraba enojado y triste porque se habían separado sus padres. Sobre todo estaba enojado con su madre, porque, para él, era la mala de la historia. Aunque Francesco sabía muy bien que en realidad era la víctima: una persona dependiente de un manipulador seductor. Pero el chico estaba furioso con su madre. Su padre lo mangoneaba y lograba llenarle la cabeza de ideas. Tomás se pasaba horas en su computadora, casi no le dirigía la palabra a su madre, quien se desvivía por atenderlo. Sólo se alegraba cuando su padre lo llamaba por teléfono.

Francesco se quedó varios días en la casa y cada vez estaba más desconcertado. Entonces pidió al cielo un manual de la biblioteca sagrada sobre los divorcios, que se materializó en sus manos por la noche. Acercó el libro a una luz tenue que salía de la ventana y lo pudo leer:

Se debe averiguar cuál es su verdadera historia, esa que seguramente no contarán, porque la historia siempre la narran los que ganan.

Hay que tener en cuenta que ningún padre puede hablar mal del otro progenitor a su hijo, porque esto termina regresándose: la verdad siempre sale a la luz.

Los hijos siempre defienden al que parece más débil, pero en realidad no pueden rebelarse contra sus padres. Miles de años de religión no los dejan hacerlo, no les está permitido. Deben apegarse al mandamiento: 'Honrarás a tu padre y a tu madre'. Ningún niño tiene la manera de defenderse y debe guardar cierta fidelidad a quienes lo lastiman. Habrá que inventar un nuevo mandamiento para que los padres deban respetar a sus hijos.

En el momento en que Francesco estaba leyendo el libro de vida de esta familia, abrió la puerta Florencia. Ésta le pidió a su madre que le arreglara un vestido porque se disponía a salir. Entonces su madre corrió a cumplir el deseo de su hija.

Sólo Joaquín, el menor, a veces se dejaba abrazar por su madre.

Francesco se quedó sorprendido por tanta injusticia y pensó en que en ninguna generación se encuentra el verdadero equilibrio en la familia. Se acordó del tiempo anterior y, si bien, no era el mejor, añoró el respeto con el que se trataba a los padres, la admiración por los abuelos.

En el futuro no habrá fotos de los antepasados, pues ahora se guardan en el celular y en las computadoras. Nadie imprime nada, como si todo estuviera en el mundo virtual y nada en la realidad, en lo tangible. Las computadoras se mueren, los celulares se pierden.

Francesco quedó absorto cuando vio que la mamá de los niños pasaba el tiempo viendo la cuenta de Facebook de su exmarido. Quién sabe qué quería descubrir o qué quería encontrar. Tenía una obsesión por espiarlo. Él lo sabía, pero no le importaba. Al contrario, subía fotos y escribía comentarios desagradables sobre ella. La señora perdía horas en esto. Y quien espía detiene la rueda de su propia vida para mover la del otro. La vida es demasiado corta para ver la de los demás.

Francesco una tarde se quedó a observar las cuentas del Facebook y del Twitter de los integrantes de la casa, y se quedó asustado: parecía que no querían tener intimidad, pero si algún conocido les hacía algún comentario, ellos se enojaban.

Pidió ayuda al cielo y le dieron una buena respuesta:

Francesco, no estás de juez en esa casa, no uses la mente para entenderlos, coloca tu corazón en ese lugar. Las redes sociales también ayudan. Recuerda que todo conflicto que se pasa a solas enferma; quizá compartiendo se pueda lograr que algunas enfermedades no aparezcan.

Francesco obedeció y no emitió juicios por dos días, pero al tercero no pudo más y se encontró otra vez calificándolos. Llegó a una conclusión: esta familia tenía falta de amor, y cuando algún integrante quería recibir una cuota de éste los demás no tenían tiempo de dárselo. Claro, nadie decía necesitarlo. Pero todos estaban de acuerdo en una sola cosa: lo más importante era la comunicación. La de los mensajitos, porque la verdadera no existía en la casa.

Le dio mucho gusto visitar a sus bisnietos, pero no se llevó un buen sabor de boca. Sólo aprendió algo: nada es bueno o malo. No existen "los tiempos aquellos", "los de antes", "los mejores", pues en todos se viven cosas buenas y malas.

De pronto Francesco se vio regresando al cielo, algo extenuado por una tormenta que lo tomó por sorpresa en París.

En la biblioteca sagrada aguardaba una larga fila de espíritus.

"Debo atenderlos para que no se impacienten", pensó... Luego se acordó de que en el cielo no existía la impaciencia ni tampoco la ansiedad por el futuro.

X

Hacer magia con situaciones y afectos

Hacer magia para llegar a tener una vida distinta reside en encontrar la sombra en la que se estuvo incómodamente recostado la mayor parte del tiempo, tocarla y abrazarla sin miedos.

Una vez que se llegó a tener contacto íntimo con ella, la luz vendrá para quedarse a alumbrar el camino indicado.

Mientras tanto habrá que aprender a tener de cerca la tan temida oscuridad y ver así su parte positiva.

Era tarde de psico-rituales celestiales. En el cielo, una vez al año los espíritus se reúnen para realizar ejercicios espirituales. No siempre tienen que ver con su religión o con las tareas asignadas, sino que muchas veces están relacionados con situaciones que vivieron en el pasado con el propósito de que las puedan entender y no las repitan en la próxima vida. Sólo se pueden presentar grupos de diez almas, porque el trabajo es privado.

Y éste era el primer día de trabajo de Francesco como Maestro del Amor.

María era la maestra que lo acompañaba. Ella daba algunas consignas una vez que leía algunas páginas del libro de la vida de cada espíritu y a la vez evaluaba qué era lo que le tocaría aprender. Y Francesco enseñaba cómo eran los psico-rituales que les correspondía realizar. Estaba fascinado con su nueva labor, a todos los espíritus que encontraba flotando en el cielo los invitaba a trabajar.

Camila también quería tomar el psico-ritual, sólo que, para variar, sentía celos, pero ahora de María, que era un espíritu tremendamente bello.

Francesco no tenía ojos para ver a nadie, aunque en el cielo sí existen los romances. Cuando una persona vivió el desamor en la tierra, el cielo la recompensa con verdaderos amores en el lugar más bello del universo. En las tardes de verano se ven muchas parejitas paseando por la orilla de las playas tomadas de la mano. Cuando aparece un arcoíris los enamorados hacen un ritual y suelen bajar el color del cielo que sus parejas elijan. Y cuando el cielo está totalmente estrellado, escogen una estrella para visitarla y hamacarse en ella. Aquí no existen malos pensamientos ni miedos, pero a veces cuando un espíritu ingresa viene con su aspecto mental apegado al ego.

Camila sin duda estaba algo mal de la cabeza, ¡por qué celar a Francesco con María, cuando ésta era casi etérea! Pero sólo le bastaba con que María estuviera al lado de él para sentir celos.

Era el tiempo de la sesión: había algunos maestros reunidos, como los del Tiempo, la Prosperidad y el del Perdón, vestidos con sus mantas resplandecientemente blancas. Ellos se dispusieron a tomar una serie de ejercicios de relajación hasta que Francesco tocó una campana y dio paso a la sesión.

Los espíritus se sorprendieron al ver que aparecían los dobles de sus propias almas, que moraban en el cuarto cielo (en el cielo existen siete planos). Eran igualitos, con la misma cara, pero con gestos de tristeza y con un flotar algo apesadumbrado...

Al verlos, Francesco les dijo:

–Queridos espíritus de Dios, estos seres que nos acompañan no son ni más ni menos que las sombras y representan la vulnerabilidad de ustedes. Esas partes que tanto trabajo les ha costado quitarse de encima. Son sus partes ignorantes. Siéntanlas a su lado pues siempre los han acompañado, pues esa porción oscura era la que brillaba cuando la inocencia los colmaba. Denles la mano y la bienvenida porque de ellas vamos a hablar.

"Ustedes son ahora almas, pero no siempre tuvieron la paz y la sabiduría de la que gozan. Ahora están más allá del bien y del mal, pero esa parte ignorante fue la que se apoderó y se sacrificó por ustedes. Su parte limitante y oscura junto con su parte luminosa eligieron participar de una familia conflictiva, abandonada, traicionera, injusta, humillante, de rechazo y autoflagelación.

"Aquí, amigos, tienen a su lado a esa parte ignorante que siempre creyó que colaborar en el plan divino de su destino era todo un honor. Esta parte es la más odiada, porque quizá alguna vez pensaron que les echó a perder su vida. Sin embargo, nada se pierde: todo se gana. Una vez más les diré que esta parte es la que los ayudó a crecer. Denle un caluroso aplauso y entiendan de una vez por todas que, si bien ella los hizo sufrir, fue sólo por temor a que no fueran bien amados.

"Esta parte vulnerable, con un corazón grande, estuvo indefensa, sólo miró hacia delante para seguir con la carga que ustedes soportaban en sus vidas. Esta parte ignorante es la meditativa, la que no quería enfrentarse a las complicaciones; entonces, aceptaba lo inaceptable. Esta sombra fue humillada, con injusta razón. Se sintió ofendida y no lo dijo. Fue rechazada y no se defendió. Aguantó días, meses y años de frustración...

"La vida no es gratuita: la sombra se manifiesta cuando el amor y la luz son resplandecientes. No quiero que la sientan como algo malo, sino como una parte que los hizo caer para que en algún momento pudieran levantarse. Nadie muere por luchar, al contrario, muere quien cree que la tarea ha terminado, porque ya no se tiene nada que hacer.

"Ahora estamos preparados para hacer un psico-ritual de espiritualidad práctica. Quiero que una de sus sombras nos diga qué siente, por qué vivió tanto tiempo con alguno de ustedes.

Una de ellas, vestida de manta color café, levantó su mano para tomar la palabra:

—Yo quiero decirle a mi parte de luz que siempre actué con credulidad, que no tuve maldad ni picardía. Como parte ignorante, no tenía idea de nada, no sabía cuáles eran las consecuencias de hacer actuar a mi otra parte de tal o cual manera. Nosotras, las partes ignorantes, nacemos de la conciencia de ciertos antepasados y somos fuertes, libres y hacemos con la parte luminosa lo que queremos; sin embargo, no somos malos, somos sufridos y nos envolvemos de seres de luz cuando vivimos en la oscuridad, pero no es una oscuridad de maldad, sino de inocencia.

Entonces un espíritu levantó la voz y dijo:

—Me deja hacerle una pregunta: ¿es malo ser inocente?

Francesco le respondió:

—No, claro que no lo es. Lo malo es estar ciego y no ver la inhumanidad de algunas personas, porque la maldad existe por sí misma. Ésta siempre vendrá disfrazada de astucia.

"No es bueno a veces no saber defenderse, por creer que defenderse es de personas débiles. Es duro ser blando y dejar que las cinco heridas de la infancia penetren en las almas. Y

estas cinco heridas son: la humillación, el rechazo, el abandono, la injusticia y la traición, que siempre tocan la puerta de la
infancia y del dolor. Y provienen de la ignorancia que llevamos
a la parte luminosa.

"Cuando no te defiendes entonces tendrás que perdonar
a los demás. Si antes pones límites, esa persona no llegará a herirte y no necesitará tu perdón. Para perdonar tiene que haber
un acto previo de ignorancia e impulsividad.

"En realidad es mejor salir de la inocencia del sufrimiento para decir hasta dónde sí y hasta dónde no queremos que
lleguen los demás con nosotros. Si no hacemos este ejercicio
siempre podrán llegar personas a burlarse. Es necesario poner
un "basta" donde queremos que no avancen. Decir un "quíta-
te" cuando sea necesario. No dejar ni permitir lo impermisible,
para no tener que perdonar, o trabajar el perdón con la esperanza de que surta efecto. O peor: vivir de culpas innecesarias.

"Todas las personas buscan subir la misma montaña, sólo
que cada una elige un camino diferente. Con camino fácil o
con camino difícil, nadie se salva de la muerte y de la ignorancia. Lamentablemente no hay recetas para no tener cerca esta
sombra, hábil compañera que no traiciona, pero que no se va
tan fácilmente.

Francesco volvió a tocar la campana y dijo:

–Ahora con ese papel azul que les repartimos María y yo,
van a hacer una lista de los diez sucesos que más les marcaron
la vida. Cuando lo hagan se darán cuenta de que lo malo que
hicieron provino de su ignorancia, de su parte limitante; las
cosas ocurrieron porque ustedes tenían un cierto acuerdo de
paz. Los acuerdos de paz son esos pactos por los cuales acep-
tamos lo que no queremos, porque en el fondo creemos que
es lo mejor y porque inconscientemente pensamos en obtener

algún tipo de ganancia oculta. Todo acuerdo de paz se establece a cambio de no desatar una guerra en los afectos que produzca un mal mayor. Se vale crearlo, mientras que el que tenga ese acuerdo no se sienta incómodo.

"Cada situación que han tenido que soportar fue producto de su ignorancia, pero también fue parte de su acuerdo de paz. Soportan las circunstancias para conseguir cierta paz.

"Así que relájense porque todo se libera y se aprende sin problemas.

"Ahora que tienen sus listas, ahora que vieron sus miserias y sus ignorancias, vamos a trabajar de un modo especial: voy a pedir que entren a este recinto sus queridos padres, esos que eligieron en su última vida. Seguramente los deben recordar, pues acaban de fallecer y están fresquitos en su memoria. Les pido que ahora los llamen, para que trabajen con ustedes. Si no han reencarnado, todavía están en el plano del sexto cielo y vendrán en este mismo momento.

Entonces así fue que a medida que los llamaban entraban en el recinto. Casi todos los espíritus habían tenido encuentros con sus padres. Sólo unos cuantos saltaban de alegría al verlos por primera vez en el cielo.

En cada mesa de cristal de moléculas de lluvia se sentaban la mamá, el papá y el espíritu que tenía que trabajar; detrás del espíritu se ponía la sombra, representada por la ignorancia.

La maestra María les dijo:

—Ahora que estamos todos reunidos podemos empezar. Iniciaremos con un diálogo con su mamá y le diremos:

Madre mía, yo te agradezco la vida, sin embargo, con la ignorancia que me criaste:

Esto fue lo que sentí... (*Le dicen todo lo que sintieron.*)
Esto fue lo que me causó lo que sentí... (*Le cuentan todo lo que les trajo como consecuencia el actuar inconsciente de su madre.*)

Éstos fueron los resultados que tuve como adulto en la otra vida y esto no quiero repetir en la próxima... (*Le dicen los resultados negativos que tuvieron por lo aprendido.*)

Ésta es la deuda que tienes conmigo ahora... (*Le piden a su madre que cumpla en la próxima vida con algo que ustedes quisieran.*)

"La madre reconocerá los errores que cometió con el hijo. Le pedirá a la sombra que se retire, la empujará con su ala izquierda y con toda la fuerza del amor que siente una madre por su hijo. Luego, este mismo proceso lo harán con su padre.

"Si la ignorancia entiende que todo se ha comprendido, entonces se retirará y la persona nacerá sin esa sombra. Pero si la ignorancia no se va es porque la fuerza de la madre o del padre no son suficientes para eliminarla, y los seguirá en la próxima vida. Sólo si los padres tienen la sabiduría de reconocer sus errores, las fallas se borrarán, si no, perdurarán como maldiciones en el tiempo de una vida a otra.

Como parte del psico-ritual la ignorancia pasó con cada ser que tuvo baja autoestima en su vida anterior y los hizo repetir una oración delante de todos y, sobre todo, en frente de sus padres: "Yo tengo el poder de reconocerme como un ser divino. Como un ser de luz cercano a Dios. Así, Dios mío, me reconozco en los ojos del universo y en las almas que habitan el mundo. Yo soy paz, yo soy amor, yo soy luz y en esa luz vibro siempre".

Luego la sombra les solicitó a los espíritus femeninos que rezaran una oración para reprogramarse y así tener una mejor autoestima en la próxima vida: "Me declaro en paz con todos los seres de la tierra a través de mi empoderamiento. Ahora decido ser una mujer empoderada capaz de defenderme y decir lo que me incomoda, sin miedos ni titubeos. A partir de ahora soy una mujer fuerte y muy conforme con lo que soy. Lo siento así, en cada célula de mi cuerpo y me empodero en cada acción sin miedos. Así voy por mis objetivos como guerrera derribando obstáculos con alegría y entusiasmo, después de todo... el mundo es mío porque está a mis pies".

Luego les pidió a los espíritus que se imaginaran a su madre detrás de ellos del lado izquierdo y a su padre detrás del lado derecho y rezaran: "Yo tengo el poder, el poder está dentro de mí, me lo gané, me lo merezco y lo llevo a cabo todos los días de mi vida".

Antes de que finalizara el psico-ritual se pidió a cada una de las almas que narraran qué les pareció el hecho de que sus partes limitantes tomaran cuerpo y que sus padres se acercaran a sanarlos. Se hizo un brindis con flores de azahares y Paquita trajo unas empanadas de ramita de laurel y a cada ser se le regaló un papiro de recuerdo con una hermosa narración.

No te des por vencido aun cuando creas que lo estás. Siempre se debe comenzar de nuevo. Sólo hay que tener paciencia para reponer energías.

No debes culparte por haberte equivocado, porque los equívocos son los carteles del camino que nos indican que las desviaciones fueron parte del objetivo.

En la antigüedad cuando se practicaba tiro al blanco y algunos alumnos erraban, el instructor les gritaba:

"Pecado", porque la palabra significa *errar*. ¿Quién no es pecador? ¿Quién no erra? ¿Quién no se equivoca?

Todos, absolutamente todos, tenemos que tocar las sombras, convivir con los miedos, soltar los malos sentimientos y emprender el vuelo. Proseguir el viaje y aceptar los tiempos.

Las cosas son como son y se aceptan, y si gustan se incorporan al alma y si no, se sueltan. Es tan simple soltar, es tan simple volar.

Es trabajo de todos enseñarle a las personas que el camino es simple, es el que los llevará a ir por más, a ganar, a reírse y a viajar.

Simplifica lo complicado, minimiza lo malo, amplía lo positivo y escribe lo malo en la arena y lo bueno en la piedra.

Si algún amor te ha fallado, olvídalo junto a la causa.

Si algún amigo te ha traicionado, aléjalo junto con tus sentimientos.

Si algún pariente te ha lastimado, perdónalo y déjalo libre de tus pensamientos.

A fin de cuentas ellos no tienen la culpa de que los carguemos por todos los lugares en que caminamos.

Soltemos, que soltar es gratis.

Seamos libres, que la libertad es lo que más debemos amar, porque ser libres nos hará totalmente grandes.

A la salida de la reunión Francesco se encontró con un viejo amigo: el Mago del Cielo.

–Francesco, Francesco —dijo el Mago del Cielo—. Tengo algo que regalarte.

–¿Qué me has traído? —preguntó rápidamente Francesco, que era muy curioso.

–Es un cubilete...

–Pero ¿para qué es? ¿Quizá jugaré a los dados con los
ángeles?

–No —rio el Mago—. Es mi cubilete. En él mezclo los
cuatro elementos: fuego, aire, tierra y agua, y de él salen emociones, como las que tienen las personas.

–¿Y cuáles son esas emociones?

–Todas. Podemos jugar si quieres.

–Pero ¿cómo se juega?

–Se juega así: piensa, cuando fuiste padre por primera
vez, ¿qué sentiste?

–Sentí alegría, amor y entusiasmo.

–Bueno. Nombramos esas emociones y las metemos
dentro del cubilete. Mezclamos y vemos lo que sale —el Mago
mezcló y tiró los dados sobre una mesa de cristal, de ellos salió
un colibrí.

–Es precioso —dijo Francesco admirado.

–Cada persona que tiene emociones buenas despide elementos de su cuerpo, a veces salen flores, palomas o estrellas.
La gente no se da cuenta porque no las puede ver, pero las puede sentir. En ocasiones, perciben olores ricos, como de jazmín
o de rosas, y son ellos mismos quienes los generan. A eso le llama tener buena vibra —le explicó el Mago.

–¿En qué se convierte el amor, la pasión y el enamora-
miento? —preguntó Francesco.

El Mago sacó de sus ropas un muñequito que metió en el
cubilete. Salió un unicornio tan blanco que parecía tener una
luz propia, con alas de color celeste.

–¡Guau! —exclamó Francesco—. ¿Y sólo tienes emociones

buenas? Porque cuando estás vivo, las emociones se mezclan: sientes alegría por algo, pero de pronto te puede invadir la angustia.

—Tengo otro dado con emociones feas —dijo el Mago—: odio, rencor, miedo, apatía. Y si mezclo, casi siempre salen alimañas: cucarachas, arañas, culebras.

Francesco vio cómo todas las plagas del mundo salieron del cubilete.

—¿Por qué no tienes un dado con las emociones buenas y malas? —preguntó al Mago.

—No sabía que las personas pudieran tener todas las emociones juntas. ¿Puedes sentir amor y enojo por una misma persona?

—¡Claro! —dijo Francesco.

—Pero ¿eso es estresante?

—No sé, creo que estamos acostumbrados. Siempre vemos lo bueno y lo malo.

—Como las rosas... tienen una forma preciosa, aroma y espinas —dijo el Mago.

—Así es.

—Pero yo sé que las espinas no dan aromas y los pétalos no me van a lastimar. Entonces tengo en claro cómo son las cosas. No digo: qué buena es la rosa y qué mala es la rosa. En cambio, pienso: sé dónde se defiende y dónde da ternura.

—Así es —dijo Francesco—. Eso es sabiduría, pero nosotros no la tenemos. Sabemos dónde tienen sus lados oscuros nuestros seres queridos, pero insistimos en que se iluminen sin respetar su naturaleza. Queremos todo perfecto y a todos perfectos. Siempre.

—Eso es frustrante —dijo el Mago—, vivirán resentidos unos con otros siempre. Donde existe la luz, hay oscuridad.

¿Cómo van a creer que todo puede ser parejo? Si donde existe lo bueno, está lo malo; en el mismo lugar crecen la flor y el cardo. Y tú, Francesco, ¿qué crees? Ahora que ya has vivido y tienes mucha experiencia tanto en el cielo como en la tierra, ¿cómo se debe vivir?

–¡Huy, qué pregunta! Yo creo que se debe vivir estando en el presente, sin buscarle la vuelta a la vida. Vivir en el aquí y en el ahora, sin complicaciones, pues al final pasa lo que está escrito en el libro de la vida. Nadie cambia su destino, sólo cambia su sentir.

–Francesco, entonces, ¿el libre albedrío no existe?

–Pues... prefiero callarme por el momento. Mejor me asesoro bien antes de decirte algo equivocado en un tema tan delicado. Pero me arriesgo a hacerlo: creo que el libre albedrío no existe tal como la gente cree; es diferente, es como si tuvieras que viajar a un país. Pasarla bien o pasarla mal es el libre albedrío.

–¿Y cómo llegas a esa conclusión?

–Porque cuando llegas aquí en el libro de tu vida está casi todo escrito.

–Bueno, no todo —dijo el Mago—: hay espacios en blanco en los libros.

–Sí, pero nadie los sabe llenar —dijo Francesco encogiéndose de hombros—. En los libros sólo hay dolor y sufrimiento.

–El dolor es parte de la vida. Cuando naces llevas la muerte encima, pero el sufrimiento es opcional y la verdad es que no existe un solo libro de la vida que hable del sufrimiento como algo que se debe pasar por obligación —dijo el Mago—. Y tú, Francesco, ¿qué harías con tu libre albedrío? ¿Volverías a nacer?

–¡Yo sí!

–¿Y qué elegirías?

–Elegiría a mis mismos hijos, a mi misma...

El Mago, que también leía la mente como casi todos en el cielo, le dijo:

–Sí... elegirías a tu esposa o a tu alma gemela. Has tenido otras esposas, podrías mirar cuál te gusta más.

–No, mejor me quedo así —dijo Francesco—. Después de todo, así no me complico la vida —los dos se rieron—. Nos queda algo pendiente, Mago. Cuando me asesore bien sobre el libre albedrío, iremos al café de Paquita, que está en la esquina de los jardines, y ahí discutiremos.

–¡Ah, no, Francesco! Tú eres un maestro, cómo no lo vas a saber. Eres tramposo, no quieres decirlo, pero yo puedo preguntarle a mis dados.

–Pero tus dados sólo muestran emociones.

–Oh, no —dijo el maestro—. Tengo muchos dados, muchísimos, a todos les puedo preguntar y todos me responden.

–Entonces hazme un favor. ¿Puedo preguntar algo? ¿Tienes algún dado que diga que sí o que no?

–Sí —dijo el mago—, ése es mi preferido.

–Ah, qué bueno, porque es el que necesito. A ver, tira.

–¿Qué quieres preguntar?

–¿Me quedaré en la próxima vida con Elena?

El dado, que era bastante pequeño en comparación con los demás, tenía los "no" en negro y los "sí" en rojo.

El Mago tomó el cubilete, lo mezcló y lanzó el dado al aire. Cuando se iba a conocer la respuesta, en ese mismo momento el dado junto con el Mago desaparecieron.

XI
Las tramas de la vida

En todas las familias se cuecen habas, esto significa que en todas existen conflictos. El verdadero amor empieza por casa, o sea, por sí mismo. El amor propio, el empoderarse, es el mejor legado que se le puede dejar a un hijo, porque un padre con autoestima formará hijos plenos.

Los domingos en el cielo son mágicos. Se celebran misas de todas las religiones, se pide por las personas que se quedaron llorando la muerte de sus seres queridos y se festeja absolutamente todo: las bendiciones que reciben las familias de los fallecidos y las buenas obras de la semana.

Paquita hace una comida espiritual riquísima, las costureras elaboran mantas nuevas para regalarlas. Los ángeles, arcángeles, querubines cantan y bailan. Los nuevos espíritus son invitados a que realicen las tareas que deseen: si en su vida tuvieron pasión por algo, eso enseñarán. El cielo tiene un rincón para los arquitectos, los empresarios y un cielo especial para sanadores y artistas. Los espíritus componen música, cantan y pintan; bailan y construyen castillos espirituales. Los jóvenes tienen centros para divertirse sanamente y también se enamoran. Hay una especie de cibercafé donde los espíritus buscan a sus familiares de vidas pasadas y los encuentran y se conectan telepáticamente.

Si hay algo que no falta es el deporte, existen todas las disciplinas del mundo y de la historia de la humanidad. Los partidos de futbol son increíbles, todos participan y los jugadores se inscriben con tiempo para formar su equipo. Hay equipos de Alegres, Entusiastas y Amorosos hasta los de Miedosos, Angustiados y Ansiosos; les ponen esos nombres porque ahora se ríen de cómo vivieron y perdieron energía con esas emociones.

Se juega así: de un lado abuelos, bisabuelos, tatarabuelos y bisnietos, y del otro, nietos, padres, tíos, primos. El árbitro es el ángel de la justicia. El director técnico, un maestro de turno. Y los espíritus llevan clericó de flores y pizza de queso del aire de verano y se sientan a disfrutar del partido. El premio es una nube rosada y quienes acumulen más nubes verán más arcoíris en su próxima reencarnación, porque no cualquiera puede hacerlo.

Hoy se enfrentan los Negativos contra los Ansiosos. Un pitido dio comienzo al partido y todos corrían, se divertían y metían goles de un lado y de otro, pero en el principio del primer tiempo ocurrió un incidente: un jugador le arrancó una pluma de un ala a otro, y todos se fueron en contra del primero. Y como no pueden pelearse físicamente, se dijeron muchas cosas.

Uno de los jugadores le gritó al otro:

—¡Juega limpio, por lo menos una vez en tu vida, aunque sea en el cielo!

—Y tú qué dices, si siempre fuiste un mentiroso —contestó el otro.

Los espectadores se quedaron callados viendo la escena, pero luego entendieron de qué se trataba cuando otro jugador empezó a gritar:

—Abuelo, no tienes autoridad para tratarnos de mentirosos a mí y a mi papá. Tú eres el menos indicado para hablar.

El abuelo se mostró desconcertado ante ese comentario.

El hijo, alterado, abundó:

–Tú nos abandonaste y dejaste a mi madre con nueve hijos, ¿y nos dices mentirosos? Ah, no, esto no se vale. No jugamos más.

El ángel de la justicia suspendió el partido, y el director técnico llamó a Francesco para que tomara cartas en el asunto. Éste se paró en medio de la cancha y les dijo:

–Por favor, no peleen, que en el cielo todo es amor.

Pero el hijo se siguió peleando con su padre, al punto de insultarse. Cuando se cansaron, Francesco les pidió que se quedaran parados en la cancha para iniciar su curación. Y se fue flotando a buscar a todos los antepasados de esa familia; llegaron sólo los que aún no habían reencarnado. Tardó lo suficiente para que la familia acomodara sus sentimientos, pero parece que los rencores no son tan fáciles de poner en su lugar.

Francesco dispuso a los miembros de la familia en una fila india, que iba de hijo a tatarabuelo.

–¿Por qué llegaste al cielo con rencores? —le preguntó al más pequeño.

–No es rencor, sino vagos recuerdos que me provocan una sensación extraña, como un vacío y parece que éste no puede llenarse con nada —respondió el espíritu.

–¿Por qué, en medio del partido y en un momento divertido y mágico, te pusiste furioso y le echaste en cara a tu abuelo que hubiera abandonado a sus hijos en su vida anterior?

–No sé. Actué impulsivamente. Pero no es algo tan grande que el hoy no pueda borrar. Pido perdón, es mejor que me vaya del partido.

–Esto no se soluciona así, porque seguirás cargando esas sensaciones que, aunque me dijiste que eran vagas, pareciera que no es así. Ahora debes respetar mis órdenes.

Ambos se fueron por un momento, y más tarde regresaron con una gran nube de color gris, de apariencia liviana, pero cuando los espíritus la tocaban parecía de plomo. El Mago y Francesco le habían puesto todos los sentimientos negativos que correspondían a esa familia: impotencia, inseguridad, carencia y falta de fuerzas.

Francesco le dio la nube al hijo de esa familia, para que se la diera al padre y el padre al abuelo y el abuelo al bisabuelo y el bisabuelo al tatarabuelo. Les explicó cuál era la dinámica del juego: cada uno agradecería haber tenido a ese antepasado en la vida y le tenía que decir: "Si esto que estás cargando no es tuyo devuélvelo a quien le corresponda, porque mío no es". Así lo haría toda la fila hasta que uno de ellos llegara a decir: "Esto que siento no es mío". A medida que iban cargando la nube pesada se fueron apaciguando los ánimos y se terminó la pelea. Aunque los espectadores que estaban presenciando el partido se quedaron un poco confundidos.

Francesco se llevó a la familia a la biblioteca sagrada y les explicó con lujo de detalles lo que había sucedido:

—La vida es sagrada y todo debe y tiene que estar en su lugar. Los afectos que sienten, las acciones que realizan y los lugares que ocupan los integrantes de la familia también son sagrados. No puede una madre rendirle honores al hijo como si su vida dependiera de que él se fije o no en ella. Los abuelos deben ser respetados y, sobre todo, reconocidos por ser una autoridad en la familia. Los nietos deben ser queridos, pero no por eso se les criará con todos los gustos.

"Un hombre tiene que ser íntegro con su pareja. Si se cansó de ella y quiere estar con otra mujer deberá encontrar el valor y la fuerza para tomar una sabia decisión, porque no se puede ir remando hacia dos orillas al mismo tiempo.

"Debemos ser congruentes: cuando estemos en la vida lo primero que hay que buscar es la paz y poner cada cosa en su lugar, aunque haya situaciones que no se vean ni se sepan hasta que salen a la luz, como suele pasar con los secretos.

"El alma nunca podrá esconder nada. A los secretos más profundamente guardados, como un aborto espontáneo o provocado, hay que darles una despedida. Hay que entender que no son castigos; se trata de cerrar algo que no se completó por alguna circunstancia en especial.

Francesco le pidió a los miembros de la familia que lo acompañaran a una habitación contigua a la biblioteca sagrada.

–Aquí tienen una sala especial para los seres que fueron abortados. Ellos mismos eligieron que eso sucediera. Aquí se deben quedar unos días reposando, porque la energía de abortar es tan fuerte como la de morirse. Nadie puede decir que quien aborta es un ser malo, porque aquí no se juzga lo bueno ni lo malo, sólo se ve lo que es congruente espiritualmente y lo que no lo es. Pero si el bebé lleva escrito que debe tener un buen final —el final de un bello nacimiento—, nacerá por más que la madre haga todo lo posible por abortar.

"Cuando una pareja se enamora, cada uno lee en la saliva de su primer beso toda la información del árbol genealógico. Si corresponden los conflictos y los problemas, siguen juntos; si no, no se enamorarán.

"Cuando un hombre abandona a su mujer para irse con otra; cuando una mujer elige un hombre que no la va a mantener; cuando un hombre enviuda; cuando una pareja tiene hijos que se mueren; todo esto se lee en el primer beso. Los corazones se quedarán en el lado inconsciente de la información, porque nunca lo harían en el lado consciente. Las almas todo lo saben, lo bueno, lo malo, lo bello y lo feo. Y negocian en el interior de su corazón hasta lo que creerían que nunca se podría negociar.

"Los acuerdos de familia se hacen antes de nacer. Elegimos las almas con las que nos vamos a encontrar allá abajo. Muchos nos hemos quedado con seres queridos amados y gente que nos ha ayudado a crecer, pero también con grandes maestros que nos han hecho un daño terrible.

"Como sucedió con mi hermano de mi vida anterior, cuando estaba casado con Elena. He entendido que eso que viví, tan doloroso para mí, fue porque alguna vez nos elegimos. Justamente por casualidad o, mejor dicho, por causalidad —porque todo tiene una causa—, el día de hoy me lo encontré. Él falleció al poco tiempo que yo. Murió rico y dejó a su familia bien acomodada, porque él me robó y por esa actitud tan baja mis hijos y mi esposa se quedaron con muchos problemas económicos.

"Él se encontró conmigo en este preciso lugar —Francesco señaló un costado de la cancha de futbol—. Cuando me vio bajó la mirada y yo corrí a darle un abrazo de plumas de mis alas. Pero no quiso recibirlo, porque se moría de vergüenza. Entonces yo le dije que no se preocupara, que en realidad nos habíamos elegido. Él siguió avergonzado y con miedo a un castigo divino. Quise tranquilizarlo y para hacer un buen trabajo nos vinimos aquí, a la biblioteca donde están los libros sagrados de los dos.

"Hojeamos unas cuantas páginas y mientras más leíamos, más abochornado se sentía. ¿Saben por qué? Porque no sólo me había robado a mí, sino que también lo había hecho con sus amigos y seres más queridos. Entonces mi hermano no paró de llorar, de entristecerse y de preguntarme qué podía hacer para remediar tan tristes acciones. Se puso a rezar, pero le expliqué que aquí los rezos no funcionan, aquí sólo funciona la actitud correctiva de las acciones.

"Así fue que le pedí a mi hermano que me acompañara al bosque de los árboles genealógicos. Atravesamos nubes, bajamos dos cielos y doblamos a la derecha; justo donde empiezan los más bellos jardines está el bosque. Es algo bellísimo y difícil de describir: todos los árboles tienen colgadas unas estrellitas con los nombres de quienes eligieron vivir ahí. En su próxima vida nacerán donde escogieron poner su futuro nombre. Abajo de cada árbol, como si fuera una lápida, hay una inscripción donde se describe cómo es la familia y qué deberá trabajar el que elija nacer allí.

"Nada es culpa ni castigo, lo repetiré siempre —dijo Francesco—, todo es aprendizaje. Todos sabemos todo, por eso no podemos hacernos los tontos. Mi hermano en su próxima vida tendrá que reparar lo que hizo conmigo con otra familia, en la que quizá yo también nazca.

"Es así como muchas veces no encontramos en nuestra familia el apoyo que nos merecemos. Sin embargo, aparecen personas maravillosas que son como hermanos, hijos o padres espirituales; ellos compensan el dolor que algunos nos han hecho pasar en otras vidas.

"Por eso aquí no hay castigo. Qué castigo más que la vida. Yo no quiero mirar el libro de mi vida pasada y descubrir qué hice para haberme convertido en un cobarde, que no supo disfrutar de la vida, con lo hermosa que es.

Mientras Francesco hablaba, los espíritus observaban el bosque de los árboles genealógicos. Había muchos eucaliptos y laureles. Los colores de cada árbol eran brillantes y las hojas parecían barnizadas. Los árboles estaban acompañados: pájaros, colibríes y mariposas. Algunos tenían frutos.

Francesco continuó:

–En una familia siempre se sacrificará el más sensible. Como ser humano podrá sufrir, pero nunca vivirá en vano, porque los cambios que haga para su familia serán bendiciones para las próximas generaciones. Será como su salvador, así como lo fue Jesús.

"Alguien elige sufrir para cambiar la historia. Y no digo que sea lindo o feo ponerse en ese lugar que, visto desde fuera, pareciera un sitio de sacrificio, pero bien o mal, quien eligió limpiar el karma de su familia será un bendecido, siempre tendrá la mirada de Dios sobre él. Ya con eso valió la pena sacrificarse o tener que trabajar en su interior. Porque una persona que tiene la sensibilidad de trabajar en pos de su árbol jamás querrá abrir puertas donde no hay picaporte para entrar.

"Una vez que vimos el bosque, mi hermano se puso de rodillas y me pidió perdón. Pero le dije que yo no era un rey para que hiciera tal gesto; era mejor que nos diéramos un abrazo. Le pedí que recordara en su próxima vida ser honesto, porque si no tendría que pasarse la vida pidiendo perdón de rodillas ante alguien que tal vez no sienta una mínima compasión. "Ten cuidado, hermano —le dije—, tú sólo haz buenas acciones, que la única justicia que vale es la de aquí, la de Dios." Como despedida, extraje un escrito de su libro y se lo regalé. Él se quedó muy agradecido con el presente y con mi perdón.

Si lo que no has resuelto en tu pasado viene a tu presente, empuja.

Si el hubiera se apodera infinitamente de tus fuerzas, empuja.

Si te equivocaste por ignorancia o por inocencia, empuja.

Date vuelta y empuja la basura de tu pasado. Usa una pala espiritual, una grúa, un tanque, si es necesario.

Tira el pasado bien lejos, no dejes que se contamine con tu presente, pues si no, no podrás ver la luz de todo lo bueno que has conseguido en tu transitar.

Ahora es momento de otorgarle al presente un voto de confianza.

Ahora es el tiempo, ¿si no cuándo?

El futuro está lejos y siempre lo estará. Además es impredecible y alocado.

Para qué planear en un mapa de vida, cuando lo que tienes que hacer es planear con tus alas el gran vuelo hacia los más añorados sueños.

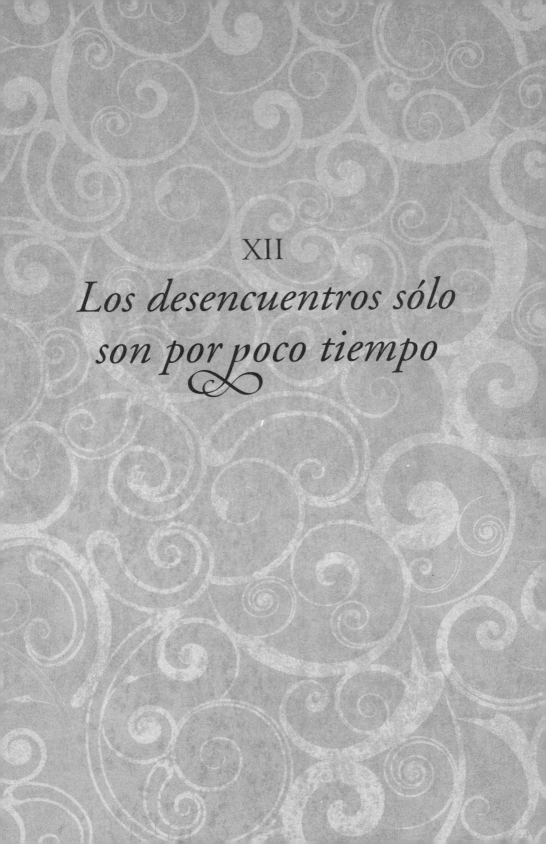

XII

Los desencuentros sólo
son por poco tiempo

Nos conocemos en esta vida, por el propio gusto de conocer-
nos, acercarnos y reconocernos. Luego hay que tener el gus-
to de soltar sin añorar. Al final todo es una rueda de idas y
venidas.

–¡Francesco, Francesco, te tengo una gran noticia! —exclamó
el ángel de los buenos deseos.

Francesco, que estaba concentrado en acomodar libros
en la biblioteca sagrada, no le prestó demasiada atención, sólo
escuchó vagamente su nombre.

–Francesco, escucha, es algo bueno para ti.

Éste se dio vuelta y lo miró un poco desconcertado.

–A qué no sabes: ¡están llegando tus dos hijos!

–¿Cómo? ¿Fallecieron los dos juntos? ¿Qué les pasó?

–Eso no es importante, lo importante es que tú y Elena
los volverán a tener juntos. Ya estamos preparando sus habitaciones en el barrio de los sándalos, que es una de las zonas
más vistosas.

–Pero ¿qué les pasó? ¿Sufrieron algo feo?

–Deja el pasado atrás. Está visto que no cambiarás nunca.
Tú bien sabes que las almas lo conocen todo y cuando está por
venir el final lo intuyen. La gente tiene fantasías equivocadas
sobre las personas que llegan a tener accidentes o una muerte súbita, como puede ser un paro cardiaco. Creen que antes

de morir se sufre mucho, y bien sabemos que no es el dolor el que mata.

Francesco asintió.

–Sí, es verdad. No se siente dolor, se siente bienestar.

–Así es, Francesco. El cerebro humano es perfecto y antes de que una persona muera manda ciertas drogas de bienestar al cuerpo. Y luego nosotros enviamos al arcángel Gabriel para que los toque en la frente y separe el alma del cuerpo. Es en ese momento cuando empiezan a flotar y ven desde arriba su propia muerte. En los siguientes minutos se toma conciencia de que ese traje que ya no es perfecto y no lo podremos usar más; es necesario que nos den uno nuevo.

"Cambiamos de ropa, cambiamos de casa, pero nunca cambiamos de seres queridos. Y digo queridos, porque esos que no fueron de nuestro agrado, aunque sean de nuestra familia, tal vez ya no los volvamos a tener como parientes. Y aquí nos encontramos todos: en la gran casa de Dios, en el paraíso real, en el cielo con playas, bosques, nubes y arcoíris. ¡Aquí estamos, nuestro señor, disfrutando de tu casa! —grito el ángel.

Francesco corrió a abrazarlo, mientras lloraba de la emoción. Al separarse, le dijo:

–Busquen a Elena, ella tiene que saberlo, la noticia la hará muy feliz. ¿Sabes?, ángel mío, soy muy feliz. ¿Cuándo llegan?

–Están atravesando el Bosco.

–¿Cómo está el clima del túnel? ¿Los vientos no están muy fuertes?

El ángel, entre risas, le dijo:

–Francesco, tú siempre tan sobreprotector. No son niños, y si lo fueran, sus almas, con viento a favor o en contra, vendrían igual de felices. Tú sabes: es Dios el único padre verdadero en nuestras vidas.

–¡Prepararé una fiesta! Buscaré a los ángeles cantores para que les den la bienvenida. ¿Quién le dará la noticia a Elena?

–Se la daré yo —dijo el ángel—, despreocúpate de todo. Solicitaré, además, que en el momento en que ellos ingresen tú estés desocupado para que puedas atenderlos y mimarlos como lo deseas hacer.

–No lo puedo creer —dijo Francesco—. Cómo se hicieron esperar. Qué maravilla.

–Sigue con lo tuyo y yo me encargo de lo demás —dijo el ángel.

Cuando Francesco se quedó solo, buscó a Camila para preguntarle sobre su libro sagrado. Como buena observadora, ella percibió en Francesco una energía muy alta y le preguntó por qué tenía esa sonrisa de oreja a oreja.

Él le contó las buenas nuevas. Ella se puso contenta de ver tan feliz a Francesco, y como toda mujer celosa hizo su fiel comentario:

–A lo mejor pueden volver a ser una familia aquí como lo fueron en la tierra.

Francesco, después de unos segundos, captó el mensaje de Camila y le respondió:

–A lo mejor... —mientras se quedó pensativo mirando el lomo de un libro sagrado.

Camila corrió a contarle la noticia a su hermana y ella le preguntó:

–¿Por qué eres tan egoísta y celosa, cuando en tu vida anterior fuiste bastante fría con Francesco?

—No sé por qué me da envidia. Él tenía una esposa que lo amaba en una vida anterior a la que yo lo conocí, pero no recuerdo haber tenido a alguien que me amara de verdad. Mi último marido fue un controlador, mi madre, una manipuladora.

—Mira, Camila, no te mientas. Tú sabes que tu marido no fue el amor de tu vida, ¿cómo crees que su alma podría comportarse contigo? Todos vivían en una mentira. A tu madre ya la perdonaste. ¿Por qué no trabajamos ese enojo que tienes con los seres de tu vidas pasadas? ¿Por qué no vamos a pedir ayuda?

—¿Tú crees que sea para tanto?

—Sí, yo creo que necesitas trabajar tu inseguridad, porque ahora que veas a Francesco feliz con los suyos te pondrás celosa, odiosa, y no estamos aquí para perder el tiempo. Eso déjalo para las personas que están en la tierra.

—¡Francesco, Francesco, ya vienen tus hijos! —exclamo el ángel de la recepción del cielo—. Los dos juntos están atravesando el último arco.

—¡Vamos a recibirlos! —dijo el papá emocionado—. Flotemos rápido, hay que llegar a tiempo, quiero que en cuanto entren aquí nos vean a Elena y a mí.

Los dos se dirigieron a las puertas donde el Bosco expulsa a las almas que salen del túnel de transición, antiguamente llamado Purgatorio, aunque éste nunca existió, porque no había en el cielo espíritus oscuros que jalaran a nadie hacia el bajo astral. Nadie sabía dónde estaba eso. Sólo los ángeles de las virtudes podían hacer ciertas preguntas sobre el infierno a los maestros del cielo.

Elena y Francesco esperaron unos minutos que parecieron

interminables hasta que lograron ver una luz morada y amarilla, y las almas de sus hijos aparecieron, con la misma apariencia que tenían cuando Francesco falleció.

Elena saltaba de alegría, su hija reía y lloraba y su hijo no paraba de llorar. El abrazo que se dieron entre todos fue inmenso, las lágrimas de alegría asemejaban cristales de piedras preciosas. Los ángeles de la guarda de cada uno de ellos también se abrazaban.

Elena pensaba que iba a platicar con ellos como mil años seguidos; quería contarles que ella junto con Francesco de vez en cuando los espiaban.

El hijo abrazaba al papá y le decía que tuvo miedo de no encontrarlo.

–¿Y por qué no me encontrarías? —le preguntó Francesco—. ¿Creías que estaba en el infierno?

–No, papá, cómo crees. Tú serías el último en ir al infierno. Pensé que quizá tú o mamá podrían haber reencarnado.

–No, eso no pasa así porque sí. Tú sabes que para que reencarne una persona hay reglas.

–Papito, ¿cómo crees que vamos a saber de reglas? —repuso la hija, mientras llenaba de besos a su madre.

—Aquí nadie regresa si no ha tenido una o dos generaciones de descendientes a las que haya recibido en el cielo. Sólo hay una excepción: cuando la persona que falleció pide reencarnar en algún bebé que va a nacer dentro de la misma familia. Cuando eso sucede los integrantes lo saben. Por ejemplo, si a alguna persona se le ha muerto su padre y éste reencarna en un hijo de ella, ésta lo descubrirá por la mirada, porque en la mirada está el alma.

–Qué suerte que no reencarnaron, papis —dijo la hija.

Elena abrazaba y besaba a uno y a otro.

–¿Me quieren decir por qué están juntos? ¿Qué les pasó? No he leído las noticias de hoy.

–Mami, ¿qué dices? ¿Aquí tienes periódico?

–Pues es un cine virtual en el que nos cuentan las noticias de nuestros seres queridos.

–¿Y qué noticias son? —preguntó el hijo.

–Historias relevantes de nuestro árbol genealógico y de nuestros descendientes. Por ejemplo, nos muestran una fiesta de graduación o un fallecimiento; también nos avisan cuándo están por llegar nuestros seres queridos, en qué minuto entrarán y con quiénes. Es complicado prestarle atención a todo, porque hay mucha gente que no conocemos y se nos hace aburrido ver la vida a detalle de los que estamos en el cielo. Es algo así como espiar el Facebook de gente que ni conoces, pero de todas maneras lees lo que publican. Es un entretenimiento sencillo, pero entretenimiento al fin. Yo creo que tendrían que poner más televisores, pero ése no es mi asunto.

Su hijo les contó lo sucedido y los padres lo escucharon con atención.

–Papá, tengo hijos y me preocupan.

–Hijo mío, la historia se repite. Así estaba yo cuando los dejé. Yo te acompañaré a visitarlos, los llenaremos de bendiciones y les mandaremos olas de resignación.

–¿Y si esas olas no les llegan?

–Les llegarán porque así es como tiene que ser. No te preocupes, que todo se entiende.

–Sí, ya sé —dijo su hija—: las almas todo lo saben.

Se rieron los cuatro y se llenaron de lágrimas de alegría y besos.

En ésas estaban cuando llegó un ángel y les avisó que su nueva casa ya estaba preparada.

–Sólo una pregunta, señora Elena —dijo el ángel.

–Dígame —contestó Elena.

–¿Todas las mascotas que tuvieron en sus vidas también las quieren en la casa? Porque ellas están en el cielo de al lado, y muchas personas las mandan buscar.

Todos gritaron que sí.

–En total son siete perros y cuatro gatos, creo —dijo el ángel y miró la lista—: también un loro, dos pájaros, una tortuga y un conejo.

Elena no se animó a preguntar si en el cielo se hacía el quehacer de la casa.

Todos dijeron que sí los querían de regreso.

Francesco y Elena eran buenos padres. Ella, muy amorosa, y él muy sobreprotector; siempre le faltó ser más divertido. Durante la vida que le tocó compartir con sus hijos se quejaba de todo, pero ahora era diferente. Muchas veces el cambio de carácter acontece en el cielo. Ahí las personas mejoran y se vuelven más receptivas, siempre y cuando quieran hacerlo porque, después de todo, los espíritus son libres o no de cambiar. Ahora a Francesco y Elena les tocaba disfrutar, no se sabía por cuánto tiempo, pero ellos lograrían sacar el mayor provecho.

Elena iba y venía de la casa que le habían otorgado en el barrio más colorido del cielo. Ahí cada familia compartía una parcela de terreno y se le concedía la casa que siempre hubiera querido tener o, si así lo determinaba, la misma casa en la que había habitado en su vida en la tierra. Por lo general, el jardín tenía muchas fuentes y lo adornaba un arcoíris.

El hijo de Elena y Francesco siempre amó pintar. Por ello, los maestros del cielo le regalaron un gran lienzo para que plasmara sus memorias. A la hija, que en su vida anterior había sido una gran veterinaria, le asignaron el cargo de directora del cielo de los perros y los gatos. Todo parecía ser perfecto, sin apegos, sin miedos, sin angustias.

Sin embargo, siempre hay un pero: el hijo de Francesco, después de unos días, empezó a estar inquieto. (Lo mismo le pasó a su padre cuando llegó al cielo por primera vez.) Quería estar en la tierra con los suyos para verlos y abrazarlos; deseaba borrar la historia de su muerte y llegar a su casa como todos los días.

Por ello, una tarde de meteoros, fue a hablar con Francesco. Al verlo, lo abrazó y le pidió ayuda.

–Padre, quiero ir a visitar a mi familia. Dame permiso, por favor, y dime qué debo hacer.

–Mira, hijo, no es cuando tú quieras, es cuando ellos estén preparados.

–Pero ¿qué necesitan para estar preparados? Si me dices que es cuando estén recuperados del duelo o si ya se desapegaron, de seguro se llevará mucho tiempo. Dime la verdad: ¿cuándo es que se puede bajar a visitarlos?

Francesco lo tomó de los hombros, le clavó su mirada de ojos claros y le dijo:

–Siempre es el momento ideal para bajar a visitarlos y sentirlos tan cerca como cuando vivías con ellos. En el mismo instante en que el arcángel Gabriel corta el cordón de la vida se es libre de cuerpo y alma, y es cuando se les puede abrazar o entrar en sus sueños.

–Pero, padre, yo te quería soñar y no pude. Sólo lo lograba mi hermana, con cierta asiduidad, pero mi madre y yo no pudimos hacerlo. ¿Sabes por qué?

–Hijo, la ansiedad es mala. Sé que en momentos de dolor es difícil manejarla, porque es muy complicado ser una persona, pero si dejamos que la mente se relaje y meditamos todo será mas fácil.

–Pero ¿cómo hacer que mediten los niños pequeños? ¿Cómo hacer para que todos estén mejor día a día, cuando están hundidos en el dolor más profundo?

–Te diré cómo: a los niños los debes abrazar cada noche, sin importar si lo haces en sueños o si bajas a la tierra para estar a su lado. Durante ese abrazo pide que las energías de la creatividad y el juego los inunden. Cuando alguien es creativo, logra transformar el dolor; por ello, cuanto más creativa es una persona más dolor ha padecido. La creatividad y la posibilidad de jugar e imaginar son totalmente sanadoras. El amor y la fe mueven las montañas más grandes del sufrimiento.

"Con el tiempo los hijos se reponen y sacan fuerzas de donde menos nos imaginamos. Ten la seguridad de que siempre tendrán en su corazón las huellas de tu cariño y protección. Nada se olvida, los amores están en nuestro interior, todos, absolutamente todos.

"A veces lo que se pierde en el mundo material persiste en el espiritual. Ahora hay tantas maneras de morirse: hay tantos padres ausentes en la vida y tantos padres presentes en la muerte. Nunca sabremos dónde están las teclas que nos sintonizan con los verdaderos afectos. Algunos amigos se pierden con el tiempo; algunas relaciones se transforman; algunos vínculos se restauran y otros se rompen y vuelven a repararse.

"Cuando nuestros maestros hablan del desapego se refieren a no tratar de sostener lo insostenible. No mires este desapego como algo terrible. Incluso aquí en el cielo tendrás que desapegarte, porque en algún momento algunos vamos a reencarnar y tendremos que despedirnos y quizá no tengamos el tiempo para hacerlo. Tal como te pasó a ti cuando moriste.

–Entonces, padre, ¿no somos ni de aquí ni de allá?

–A lo mejor somos de todos los lugares donde nuestra alma pueda morar. Te enseñaré cómo bajar a visitar a tus seres queridos en cuanto sepa cuál será el mejor momento para que te encuentres con ellos. Ahora busca alguna tarea que te distraiga. No estés triste, no tengas miedo a disfrutar de este bello lugar.

–¿Aquí no te cansas de ser feliz todo el tiempo? A lo mejor algo de incertidumbre le agregue un poco de sal y pimienta al cielo.

–Creo que estás bromeando, pues nadie se ha quejado de ser feliz aquí.

Su hijo se echó una gran carcajada y las plumas de sus alas se sacudieron rítmicamente.

–¿Sabes, hijo? Yo amo este lugar, creo que soy más de aquí que de allá. También amo el servicio, por eso no me quedé en la casa que me asignaron. Me quedé en mi habitación de cristal, que ya considero como propia, pues en todas las reencarnaciones siempre termino en el mismo lugar con los mismos muebles y con el mismo jardín.

–¿De qué jardín hablas, padre?

–Ah, no te he podido contar, pero tengo un jardín bellísimo cerca de la playa de la complacencia. Si deseas, mañana al amanecer te lo muestro. Te sorprenderás de la cantidad de rosas que tengo, porque por cada buena acción que ustedes realizan me regalan una. Tú también tendrás el tuyo.

"Hijo, nosotros seremos siempre almas que se aman. No te sientas abandonado si alguna vez me pierdes de vista. Presiento que si tengo que nacer de nuevo no podré despedirme de ustedes. Por eso quiero pedirte un favor: no dejes de elegirme. Yo sí quiero estar de nuevo contigo y con tu hermana.

–Y con mi madre también —expresó su hijo.

Francesco no respondió.

Pronto llegó el día en que Francesco y su hijo bajaron a la tierra a visitar a su familia y se dieron el gusto de tenerlos más cerca todavía. La casa se llenó de aroma a rosas y se sintió una gran paz. Fue entonces cuando su hijo se dio cuenta de que aunque la distancia entre el cielo y la tierra era muy grande, nada tenía que ver con la cercanía energética que tenía con las personas a las que amaba. Porque el amor no tiene principio ni fin. No tiene distancia ni tiempos. El amor es la única energía que existe en todas las dimensiones.

A su regreso, Elena y su hija los recibieron con una copa helada de sabor del cielo y Francesco les entregó unas piedras de cuarzos rosas materializadas en el cuarto cielo que les trajo de regalo, como recuerdo de su paso por la tierra.

De pronto se escuchó un llamado, como proveniente de un megáfono:

–Atención, atención, Maestro del Amor. Hágase presente en la biblioteca sagrada, es urgente. El viento está desacomodando los libros sagrados.

Francesco se rio hasta cansarse, pues sabía bien que el viento aparecía para quitar algunas malas vibras a algunos capítulos de sufrimiento inútil de los libros viejos y arrugados.

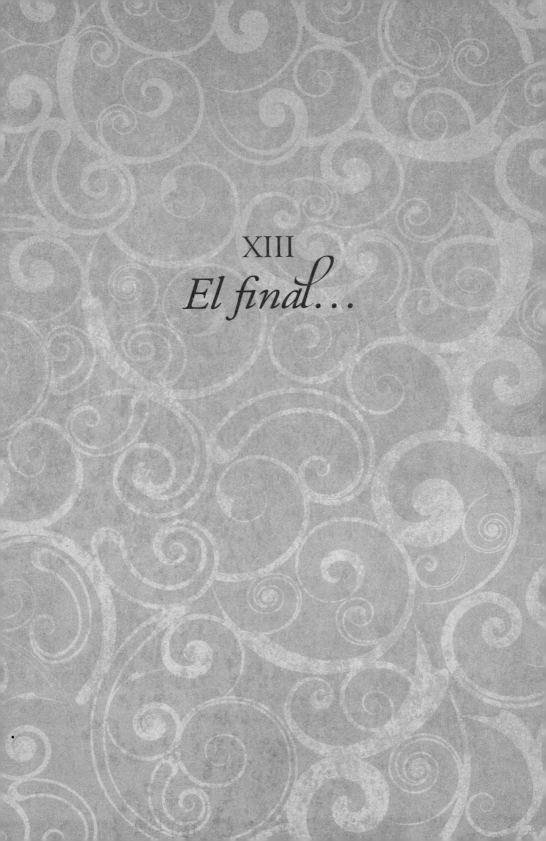

XIII
El final...

El final es inesperado y a veces comprometido. Nos invita a cerrar círculos, a envolver esa etapa con papel de colores.

Nos lleva a soltar para entrar en un nuevo momento que también algún día tendrá que concluir, porque todo es nacimiento, muerte y renacimiento.

Así es el ciclo de la vida, tanto en la tierra como en el cielo. La verdadera sabiduría reside en saber mantener el equilibrio entre el apego y el desapego, porque el peor error ortográfico de la vida es no saber poner punto final.

Francesco se sentía feliz, con una sensación de plenitud difícil de poner en palabras: era el Maestro del Amor, sabía lo que quería aconsejar y se sentía seguro de lo que hacía.

Elena lo acompañaba cuando daba sus disertaciones y Camila seguía celosa, entrometida e inquieta. Se había robado la vela de la fe del altar donde los ángeles tocan sus instrumentos y, como todo lo que no es adquirido de manera honesta, ésta se le había perdido en su propia habitación.

El divorcio espiritual con Francesco la agobiaba, pero tuvo una gran sorpresa cuando se enteró que los maestros del séptimo cielo no lo habían aceptado. "Vaya a saber por qué...", le contó Paquita la cocinera, que había escuchado decir a un maestro ascendido que Dios no había admitido el divorcio de sus almas, por lo que no tenía validez.

Camila se sentía renovada. Tenía que contárselo a Francesco, pero... ¿para qué?, si él estaría pensando en otros asuntos, como siempre. Entonces fue a averiguar si en el cielo aún se encontraba su adorada abuela y, después de esperar un corto tiempo, le comunicaron que estaba en las orillas del Río de los recuerdos, tejiendo mantas para los ángeles.

Flotó para ir a su encuentro. Su abuela estaba resplandeciente, sonriente y feliz de volver a reencontrarse con su bella nieta. Camila casi la derriba del impetuoso abrazo que le dio, y, sin querer, tiró al río la manta que estaba tejiendo. Entonces la levantó y la puso a secar a los rayos de sol.

–¿Qué haces aquí? ¿Cuándo llegaste? —preguntó la abuela.

–Regresé a la casa de Dios, ya era hora. Viví bastantes años y, a veces, la vida te cansa. Pero tengo algo que contarte.

–No me digas: ya viste a Francesco. Ahora es el Maestro del Amor. No me digas que te la pasaste este tiempo detrás de él.

–¿Y tú qué crees, abuelita?

–Aquí seguimos tan tontos como en la vida en la tierra. A mí me vino a buscar un viejo amor y me quiso embaucar como lo había hecho antes, pero lo dejé hablando solo.

–Pero abuela, ¿aquí qué podía hacerte?

–Si te cuento te morirás de risa: ¡quería que le tejiera una manta para dársela a otra pareja que tuvo al mismo tiempo que había estado conmigo!

–Oye, abuelita, ¿aquí no los castigan?

–Creo que no. Por las dudas le dije que se fuera a buscar a otra tejedora crédula, inocente y tonta.

Camila y su abuela se rieron como locas.

–¿Y sabes lo peor, Cami? Me encontré con tu abuelo y cuando lo fui a saludar se dio la vuelta y se marchó. Cuando vi a tu bisabuela me platicó que a ella le pasó lo mismo con tu bisabuelo. Tengo razón: todos los hombres son iguales tanto en la tierra como en el cielo.

–No, abuela, no puede ser, eso no es normal. Yo he visto a familias enteras que se encuentran, se saludan y están encantadas de compartir el cielo.

–¿Y tú qué piensas? —le preguntó la abuela—. ¿Crees que lo nuestro es una maldición?

–No, no lo creo. Qué te parece si vamos a la biblioteca sagrada y pedimos permiso para leer nuestra historia y ver si encontramos alguna respuesta.

Las dos, ni tardas ni perezosas, flotaron hacia la biblioteca sagrada. Ahí las recibió un ángel que les prestó el libro familiar. Buscaron y buscaron... y como el que busca, encuentra, en un capítulo hallaron la punta del hilo de la historia: una tatarabuela de Camila, ya casada, había tenido un gran amor furtivo, y de ese amor nació un hijo, al cual su esposo le dio su paternidad. Éste nunca supo el secreto, si lo hubiera sabido, la mataba; al final, ella no se quedó con su gran amor. Esto le provocó mucha rabia hacia todos los hombres, incluido su esposo, que de vez en cuando la maltrataba. Pero su secreto se lo llevó a la tumba.

–¿Ves, abuela? Lo que tenemos es un enojo colectivo: ninguno de los hombres que se casaron con las mujeres de la familia fueron nuestro gran amor, y por eso tampoco pudieron ser felices. ¿Ves, abuela, por qué están tan enojados con nosotras?

–Pero se supone que en el cielo no hay cabida para los enojos, ya tendrían que habernos perdonado.

–No, abuela, no te creas. Si no se ponen en su lugar los sentimientos y los lugares que ocupa la familia, no creo que les sea fácil perdonarnos.

–¿Y si vamos a pedir ayuda?

–Sólo nos queda ir con Francesco, pero no quiero hacerlo.

–Podemos acudir a nuestro ángel de la guarda —dijo la abuela.

Partieron en busca del ángel de la guarda y éste les aconsejó hacer un psico-ritual que consistía en reunir a los hombres de la familia y revelarles los secretos que guardaban las mujeres.

–Hay que contarles la verdad —les pidió el ángel.

–Me muero de la vergüenza —comentó la abuela.

–Las parejas todo lo saben, pues cuando les das un beso...

–Sí, ya sé... —lo interrumpió Camila—, se lee la información y todo se sabe.

–Así es —dijo el ángel.

Camila y la abuela intercambiaron miradas, la primera suspiró y le dijo al ángel que sí reuniera a todos los integrantes varones de su familia.

Al verse de nuevo, los corazones de todos se estremecieron, pero el deseo de sanar la historia familiar pudo más; entonces la abuela le pidió perdón al abuelo y Camila a su exesposo. Éste le dijo que no tenía por qué hacerlo. Le comentó que cuando había entrado al cielo aún tenía el ego humillado, pero ya había tomado lecciones para cambiar, aunque reconocía que Francesco no le caía bien. Le pidió perdón a Camila porque había sido déspota y controlador con ella.

Cuando concluyó el ritual, todos se fueron a festejar con Paquita.

Francesco vio a lo lejos a Camila al lado de su exesposo y pensó que quizá querrían estar juntos de nuevo, aunque le costaba creerlo. En ese momento se dio cuenta de que la seguía amando, que no podía olvidar esos ojos, esa sonrisa tan tierna y ese beso al lado del árbol de los deseos. ¡El beso más hermoso de su vida!

Desde el segundo en que Camila concluyó el ritual con su familia, el alma de Francesco supo que algo había cambiado.

No siempre la vida nos mantiene en el mismo estado. Las cosas cambian, evolucionan y salen a la luz cuando tiene que ser, ni antes ni después, porque los tiempos del cielo son perfectos, como también lo son en la tierra.

Francesco justo había concluido una reunión con unos espíritus que estaban aprendiendo a vivir sin miedos, en la que había participado Elena como alumna. Él reconoció que había sentido un amor muy grande por ella, pero era otro tipo de amor, un amor de gratitud. El de Camila era otra cosa. Él creía que se había divorciado espiritualmente de ella, que no podía dar vuelta atrás, porque las leyes del cielo son inamovibles, así que volvió a su habitación.

Mientras tanto, en el ashram los adeptos movían los muebles de la habitación de Francesco en busca de su manuscrito. Detrás de un viejo buró lo encontraron, pero grande fue su sorpresa al ver que sólo tenía dos hojas, las demás estaban arrancadas. En esas hojas estaban escritas las instrucciones para vivir en paz y dos meditaciones, una para levantarse y otra para irse a dormir. También el mensaje de Francesco de que el resto, donde revelaba los siete grandes secretos para ser feliz, las había resguardado en un cajón cerrado bajo llave, que más adelante descubrirían cómo abrirlo.

Uno de los servidores espirituales del ashram se fue corriendo a entregar las hojas a la administración. Ahí tomaron la decisión de hacerlas públicas y fijaron el 10 de mayo como la fecha para hacer la oratoria. Llegado el día, uno de los ancianos del grupo, de larga barba, pelo lacio y gris, comenzó la reunión:

–Me da gusto que estén reunidos aquí para escuchar lo último que escribió para nosotros nuestro gran amigo y maestro Francesco, pero más que escuchar hay que cumplir estas máximas. También quiero que tengan presente estos cuatro principios de la espiritualidad hindú, basados en las enseñanzas del avatar Sai Baba:

La primera ley: ¡la persona que llega es la persona correcta! Nadie llega a nuestras vidas porque sí, porque las casualidades no existen y todas las personas que están conectadas con tu vida son las correctas, aunque no te guste lo que hayas pasado con ellas. Todas interactúan para algún fin en nuestras vidas.

La segunda ley: ¡lo que sucede es la única cosa que podía haber sucedido! Nada de lo que acontece en nuestras vidas podría haber sido de otra manera, los hubiera no existen. Ni el más mínimo detalle se podría cambiar, ésta es la ley que nos hace responsables de nuestras acciones y equivocaciones. Las cosas fueron como tenían que ser, así como en el ahora las cosas son como son.

La tercera ley: ¡en cualquier momento que comience es el momento correcto! Todo comienza en el momento indicado, ni antes ni después. Cuando estamos preparados para que algo nuevo empiece en nuestras vidas, es en ese instante cuando comenzará. Lo que pasó fue lo único que pudo haber pasado y tuvo que haber sido así, para que aprendamos la lección y sigamos adelante. Todas y cada una de las situaciones que nos suceden en nuestras vidas son perfectas, aunque nuestra mente y nuestro ego se resistan y no quieran aceptarlo.

La cuarta ley: ¡cuando algo termina, termina! Cuando algo termina se va de nuestras vidas y deja un agujero en nuestro corazón y en nuestra mente. A veces se llenará de personas nuevas, de cosas materiales o de la fuerza de una espiritualidad reparadora.

Para que sus vidas tengan sentido no esperen recompensas ni alberguen grandes expectativas, porque creer que todo debe ser como quieren sólo les traerá problemas.

La aceptación, que no es el renunciamiento a los ideales ni tampoco la negación de las ilusiones, debe ser una consigna de fe.

Hagan lo mejor de ustedes poniendo su cien por ciento y luego suelten esa energía desde lo más profundo de su corazón; ella caerá en el universo y regresará a ustedes para que levanten su gran cosecha.

No despilfarren energía ni dinero. Tengan todo en su justa medida.

Recuerden que el equilibrio es lo único que se debe buscar porque los extremos siempre traerán problemas.

Nada es totalmente malo ni totalmente bueno.

A la larga todo llega, y si no ha llegado es porque no es su momento.

No quieran ir a sus tiempos, porque no está en sus manos.

No pretendan que los demás cambien si ustedes no han revisado su propia historia con sus antepasados.

Recuerden que todo lo que sucede es un aprendizaje y no se culpen, porque la culpa los hará verse pequeños e impotentes.

Den lo mejor aunque no los valoren. Mantengan la calma y la paz cuando les sea posible, porque éstas son las ganancias.

Confíen en sus maestros, ángeles y arcángeles.

Dejen que su intuición sea su propia brújula. No miren la vida de los demás, porque siempre habrá gente con mayor o menor suerte.

No se sientan solos porque no tienen pareja; hasta los que tienen pareja están solos en la vida, siempre estamos solos con nuestra propia compañía.

No se agobien, hay días en que no se resuelve nada, hagan lo que hagan. Y hay días en que se resuelve todo, en sólo un par de horas; entonces aprendan a leer las energías de los tiempos.

Es bueno recordar los aniversarios y tener cuidado en las fechas que son particularmente tristes para no planear algo, porque a veces las historias se repiten si no se trabajan.

Tengan en cuenta que hay fechas que se repiten por mandato divino; aprendan a leer qué pasa en su vida llevando un diario.

Cuiden su salud, porque su cuerpo es su templo. No abusen de los médicos ni de la medicina; abusen, en cambio, de la meditación, la relajación, la risa y el baile; de la música y el amor, la consideración y el entusiasmo.

No se crean todo lo que les dicen. Es mejor que no crean nada de nada, pues su mente los puede engañar, además de que los demás también pueden hacerlo.

Somos un mar de fueguitos, fuegos bobos y fuegos que encienden, fuegos locos. Tengan cuidado de no quemarse con esa energía bendita que tienen de hacer todo de su propiedad.

Yohana García

Reconozcan sus defectos y trabájenlos, pero si hay alguno que no pueden soltar tengan paciencia. Paciencia, tolerancia, fuerza, coraje, decisión es lo que deben pedir y dar.

No den de más a quien no lo pida, porque lo pueden ofender.

Digan lo que sienten con cuidado porque hasta un gesto puede enfermar.

Recuerden que las palabras no se las lleva el viento cuando tocan el corazón, hiriéndolo.

No crean que todo es blanco o negro, porque la vida está llena de grises.

Éste es el principio del legado que les dejo. Arranqué el resto de las hojas para que, cuando estén preparados, las encuentren; en ellas está la fórmula completa de la felicidad.

Espero que sea de gran utilidad lo que les dejo en este momento. Puede parecerles fácil, pero lo difícil es llevarlo a la práctica.

Aunque sea trabajen unos cuantos puntos y sean constantes, con eso tendrán para mejorar su vidas y sentirse plenos.

Aquí también les dejo dos meditaciones que me enseñó mi Maestro para que se sintonicen con el universo y así todo se les cumpla.

MEDITACIÓN PARA EL DÍA

Hoy despierto con fuerzas para enfrentar un nuevo día y estiro cada parte de mi cuerpo con fuerza y alegría.

Observo cómo está la mañana y qué me transmite esta rica temperatura.

Decido que será un gran día, que tendré momentos agradables y cálidos con mis afectos.

Decreto que mis actividades fluyan perfectamente. Que todo lo que he programado se realice en el momento y cuando sea conveniente.

Decido dejar la carga emocional que me traen los problemas y las preocupaciones para ocuparme con una actitud positiva en resolverlos, ¡porque sé que los resolveré!

Hoy cuidaré de mí como la joya que soy, tomo conciencia de los horarios para comer. A la hora perfecta beberé mucha agua y haré ejercicio para verme y sentirme bien.

No perderé tiempo en nada de lo que no produzca en mí un beneficio.

Hoy me dedicaré a leer una frase positiva y alentadora.

Me encuentro con personas maravillosas que me quieren y me hacen un gran día.

Hoy le agradezco a Dios y a la vida haber amanecido, porque sé que tengo mucho por hacer y todo lo que haga será bien correspondido.

Estoy aquí en el presente, entusiasmado y con muchas ganas de empezar esta nueva aventura de vivir. Porque cada día es un viaje a un lugar desconocido de bienestar y placer.

Todo lo que tengo que hacer y me es obligatorio cumplir, y no me gusta hacerlo, lo transformaré en un momento de resolución que pasa rápido.

Toda noticia tóxica no la escucharé, porque decido no contaminarme.

Toda intención negativa o maléfica que venga a mí, decido alejarla de mi camino.

Toda incomodidad que se me presente, decreto que se disuelva.

Sé que estoy en sintonía con el universo, por eso digo: lo siento, te amo, perdóname y gracias.

Sé que el universo conspira a mi favor, por eso yo digo: todo lo bueno viene a mí multiplicado y esto repercutirá a favor de mis seres queridos.

Todo lo bueno que hago en el día de hoy, vendrá feliz a mi camino.

Así sea, así sea, así sea.

Hecho está, hecho está, hecho está.

MEDITACIÓN PARA IRSE A DORMIR

Yo soy el eco de la buena suerte.

Yo soy la perfección del universo, y junto con Dios vibro en la más alta de las esperanzas.

Hago un pacto de atracción hacia mí con todo lo positivo que se cruce en mi camino.

Soy un espíritu libre que nada ni nadie puede atar para ningún fin.

Soy una persona de confianza segura en todo lo que hace.

Y todo lo sé y lo comprendo con toda aceptación.

Estoy conectado con el poder más alto del universo, con ese Dios que me ayudó a ser quien hoy soy. Doy gracias a Dios por ser el que siempre está a mi lado y me da respuestas en el momento adecuado.

Mi interior es un lugar seguro de paz y de acuerdos positivos con lo que estoy viviendo día a día.

Todo en mí es fortaleza, salud, prosperidad y actividad consciente positiva.

Alejo de mí todo lo que no es bueno, todo lo que no es positivo, todo lo que me perturba.

Dejo que las energías negativas, los enojos, la impotencia, toquen sólo por segundos mi inseguridad, pues lo negativo se va rápido de mi vida.

Cualquier energía negativa que se acerque a mí se irá, y aunque no puedo evitar observar lo malo o lo que no me gusta, simplemente no le doy la bienvenida y lo alejo.

Todo tiene un ritmo, como las olas del mar que vienen, chocan y se van. Así viene lo indeseable: sólo por segundos y se va.

Soy consciente de que las personas malinterpretan, envidian egoístamente y agreden sin razón alguna. Todo eso a mí no me toca, sólo se acerca, pero en cuanto lo hace mi energía positiva lo rechaza y lo manda al fondo del mar. Porque la puerta no se abrirá al entorno negativo. Mis cerrojos y mis llaves no abren para nada que no sea positivo.

Toda crítica e inseguridad no son mías, no las quiero y no las acepto. Alejo la energía negativa.

Mi cuerpo está protegido por un aro dorado y azul que tiene aroma a rosas con conexión directa con la Virgen.

Mi casa está protegida por un halo de luz dorada, y en cada puerta y ventana está la espada del arcángel Miguel cuidando y alejando lo negativo.

Mi familia está protegida por un halo dorado y azul junto a la fuerza del universo que cuida y protege con el amor y la abundancia de Dios.

Todos mis bienes materiales están protegidos por un halo azul, y yo por un halo dorado subo mi energía y vibro en la abundancia.

Ahora es momento de visualizar el camino correcto, la felicidad está en todo lo que emprendo y llevo a cabo.

La plenitud está en el amor que doy y recibo.

Mi salud es perfecta porque tomo conciencia de lo que me hace mal y lo rechazo, y tomo conciencia de lo que me hace bien y lo potencio y disfruto.

Mi casa está en orden, mis afectos están en orden. Mis antepasados están en orden.

Nada ni nadie me perturba, porque yo sé lo que es estar en paz con felicidad y sé cómo compartirlo y disfrutarlo con mis seres queridos, porque ellos, que amo desde lo más profundo de mi corazón, también están sabiendo disfrutar, están en paz, saben cuidarse, se sienten protegidos y saben que lo están porque también vibran en la salud perfecta.

En este camino voy por un sendero lleno de rosas y de flores blancas con árboles muy altos y frondosos. Veo cómo avanza mi vida y en ese avance me siento orgulloso de ser quien soy, porque estoy en este tiempo, en estas bellas circunstancias y si miro atrás me doy cuenta de que he hecho mucho en esta vida. Por eso me propongo ser libre, pleno, feliz y agradecido en cada instante, junto a los seres queridos que elegí para compartir este mundo. Y junto a Dios, que me ha dado cabida en esta vida.

Mientras tanto, en el cielo, a Camila le avisaron que había llegado el momento de nacer, pero la noticia le cayó como un balde de agua fría. A estas alturas ya estaba acostumbrada a vivir allí. No tenía mucho tiempo, pero serían suficientes unos días para despedirse.

La noche cuando recibió la noticia de que no estaba divorciada de Francesco era bellísima, estrellada y con una luna enorme. Fue a la habitación de él y llamó a la puerta. Él estaba escribiendo, abrió muy despacio y al ver a Camila se sorprendió.

–¿Puedo pasar? —preguntó ella.

Él respondió afirmativamente, pero en su habitación ella se sentía encerrada, por eso se subieron a una nube que había cerca.

–Es una noche con millones de estrellas fugaces —dijo Camila.

–Camila, ¿cómo estás, qué te pasa? Dime qué te sucede.

–Voy a nacer.

Él se sobresaltó.

–¿Por qué te pones así?

–Porque... —y no pudo hablar más porque se le hizo un nudo en la garganta.

–¿Qué te pasa, Francesco? —preguntó Camila.

–Es que no te volveré a ver, te perderé.

–¿Recuerdas que en el ashram me diste un papel donde me escribiste que no me fuera sin decirte a dónde iba a estar en mi próxima vida? Sin duda ha llegado la hora de irme. Te avisaré adónde iré, pero no tengo idea de qué haré para encontrarte.

–Pues debe haber un modo de saberlo y si nos encontramos, ¿seré tu amigo? Porque tu pareja no podré ser, ya que nos divorciamos.

–¡No, Francesco! El ritual del divorcio ¡no funcionó!

–¿En serio, Camila? ¿No me estás mintiendo?

–No, no te miento.

Francesco se iluminó como las demás estrellas y le robó un beso a Camila, tal como lo había hecho en el ashram. Se hamacaron en una nube hasta llegar al quinto cielo donde se encontraron con un maestro ascendido.

En ese encuentro Francesco le preguntó si era cierto que no estaba divorciado y el maestro le respondió afirmativamente. Entonces, se acercó a él para contarle un secreto.

Era la despedida de Camila. Se habían reunido sus familiares y amigos, y Francesco debía encabezar la ceremonia de despedida en el mismo castillo donde había recibido la misión de ser el Maestro del Amor. Era una tarde espléndida.

Su abuela la acompañaba y el niño que Camila siempre hamacaba iba tomado de su mano porque también iba a nacer.

Francesco la vio entrar radiante, brillante, con una manta rosada sobre sus hombros, que había sido tejida a mano por su abuela. Esa misma tarde, Camila había encontrado por fin la vela de la fe, que se había caído en un rincón de su habitación, y la llevaba para regresarla al recinto de donde la había robado. Entraba como una novia al altar, sólo que en esta ocasión iba a nacer y pasaría por los arcos para bajar a la tierra.

Francesco inició su discurso de despedida deseándole lo mejor en su próxima vida. En el momento en que Camila debía firmar el libro para dar fin a su vida en el cielo, a Francesco, que lo tenía en las manos, se le cayó y cuando lo levantó clavó su mirada en ella y le dijo que la amaba con toda su alma y que estaba dispuesto a acompañarla y abandonar todo en el cielo. Los parientes se quedaron pasmados al escucharlo.

–Te amo, Camila. No tengo miedo de gritarlo a los cuatro vientos. No tengo miedo de abandonar todo para acompañarte. Te deseo y es raro, porque aquí en el cielo nunca tenemos deseos, pero siento un amor inmenso por ti y no te dejaré escapar. Me quedaré contigo.

–¿Y Elena? —preguntó Camila.

–Ella no tendrá otra alternativa que entenderlo, porque las cosas son como son y aceptarlas es la mejor opción. Hoy quiero ser tú y tú deseas ser yo, pero no para unirnos, sino para complementarnos.

"¿Y sabes, Cami? El mundo gira y gira; a la gente le pasan cosas y no se detiene ni un segundo. Gira en las calles, en las personas, en el tiempo y nadie puede frenar el devenir. Por eso, Cami, creo que antes de que bajemos a la tierra debemos encender la vela de la fe para que todas las personas que están desorientadas puedan encontrar su amor.

Con el permiso de los ángeles realizaron un ritual en el que Camila encendió la vela de la fe mientras Francesco pedía que se atrajeran las parejas que se amaban y no se animaban a demostrar su amor. Los dos prendieron la vela y le pidieron al ángel que la dejara en el lugar al que pertenecía.

Los presentes intuyeron que Francesco se despediría de manera informal, pues si lo hacía formalmente no podría alcanzar a Camila, pues ella bajaría de inmediato a la tierra. Pero nada de eso fue así, porque en el momento que entregaron la vela a los ángeles, sintieron que el mundo estaba a sus pies y algo se susurraron al oído. Ambos salieron del recinto.

Cuando Camila se dirigió a los arcos para nacer, unos ángeles entonaron una canción dice así: "Gira, el mundo gira en las calles, en la gente, corazones que se encuentran, corazones que se pierden".*

* "Il mondo", canción de Jimmy Fontana.

Yohana García

Ella percibió las tonalidades de los arcos y su movimiento, y el tan nombrado Túnel del Bosco, donde tenía que ingresar para luego morar en un cuerpo materno por nueve meses.

Francesco la tomó de la mano mientras le decía:

–No dejes que el mundo te lleve por delante, no dejes que se ponga encima de ti, siempre ponlo a tus pies.

–Sí, Francesco —ella respondió.

Al despedirse de ella, sintió que no era el momento para ser cobarde y dejarla ir. Decidió entonces bajar a la tierra sin pedir permiso ni decir adiós, porque lo más importante era estar con Camila. Y se metió en el Bosco con ella. La espiral de los colores lo empujaba hacia arriba y hacia abajo; era como si las fuerzas se hubieran vuelto locas. Tanto sufrió que se dio cuenta de que una fuerza más grande lo estaba empujando hacia los arcos. Al salir del túnel se sorprendió porque estaba en el mismo lugar de partida. Se lamentó de no haber tomado con firmeza la mano a Camila y haberla perdido, y fue indescriptible lo que sintió.

Los ángeles querían decirle algo, pero él tenía una tristeza infinita. De pronto sintió una mano, y se dio cuenta de que era la de Camila. Ella lo miró y con sus grandes ojos iluminó la cara de Francesco.

–Ya entendí —dijo Camila—, no es como nosotros queramos, es como quiere Dios que sea nuestra vida.

–Así es, Camila —intervino su ángel de la guarda—. No debías huir como una ladrona. Deténganse, pues recibirán la despedida de Dios.

Después de esperar unos segundos, Dios se hizo presente en un rayo azul neón. Y con su voz de autoridad, amorosa e infinita, les habló del amor, de la fuerza que tiene cuando es verdadero y de lo importante que era que lo vivieran en la tierra.

También les habló de la paciencia y de la comprensión, de la colaboración sin competencias y de la consideración.

Los bendijo y con un rayo los empujó hacia la puerta de los arcos. Esta vez la fuerza centrífuga fue armoniosa. Los dos giraron abrazados entre vientos y colores y fue el mejor descenso a la tierra que podían recordar.

Ahora tenían que nacer cada uno por su lado. Ella vio la luz un 19 de enero y él un 14 de febrero, los dos del mismo año, pero en diferentes ciudades. A Camila la bautizaron el mismo día que a él.

Ya pasaron unos cuantos años y Camila y Francesco andan entre nosotros buscando gente a quien ayudar, mientras entonan por las calles una canción: "Gira, el mundo gira en las calles, en la gente, corazones que se encuentran, corazones que se pierden...".

¿Quieres saber cómo
empezó todo?
No te pierdas *Francesco:
una vida entre el cielo
y la tierra*.

Yohana García es portadora
de un hermoso mensaje
de vida, amor y esperanza.
Ella nos muestra que la
muerte no es el fin de todo,
que es sólo un paso hacia la
transformación.

Continúa la historia de
Francesco
y sus iluminadoras
experiencias.

En este libro, Yohana García
nos habla de los retos, las
dificultades y el caudal de
oportunidades que la vida
nos presenta a todos los
seres humanos.

¡Un libro inolvidable!

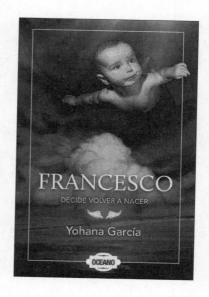

Yohana García nos invita en esta historia a conocer el despertar del camino espiritual y nos enseña a recapacitar sobre nuestras elecciones de vida. El lector que sienta a Francesco como su maestro entenderá cómo el ángel pudo encontrar su felicidad en el camino del alma.

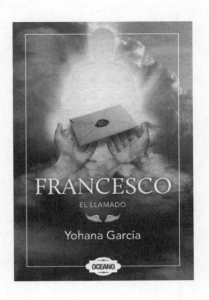

Un libro lleno de sabiduría y de luz que nos habla del amor (en la familia, en la pareja) y también del crecimiento personal, la libertad, la felicidad y el perdón.
Incluye el Oráculo de los Ángeles, que nos permitirá encontrar respuestas a las disyuntivas que nos plantea el día a día.

Esta obra se imprimió y encuadernó
en el mes de enero de 2022,
en los talleres de Impregráfica Digital, S.A. de C.V.,
Av. Coyoacán 100-D, Col. Del Valle Norte,
C.P. 03103, Benito Juárez, Ciudad de México.